W0367562

Eva Polak

Jeder Trick erlaubt

mit Zeichnungen von Antje Burger

Wolfgang Mann-Verlag

CIP-Titelaufnahme der Deutschen Bibliothek

Polak, Eva:
Jeder Trick erlaubt / Eva Polak. - 1. Aufl.
Berlin: W. Mann, 1989
ISBN 3-926740-17-5

© 1989 Wolfgang Mann-Verlag GmbH, Berlin
1. Auflage 1989. Alle Rechte vorbehalten.
Lektorat: Monika Strzeletz, Susanne Völpel
Lithos und Satz: Fotosatz Knab, Freudenberg-Lintach
Druck und Verarbeitung: Kösel GmbH & Co., Kempten
ISBN 3-926740-17-5

Inhalt

1. Markus und die Schnullerkinder

Samstag vormittag war das Wetter noch einigermaßen, doch nachmittags goß es in Strömen.

Hätte es am Samstag vor einer Woche geregnet, dann hätte Markus nichts dagegen gehabt. Und sollte es am nächsten Samstag wieder regnen, wäre es Markus auch vollkommen egal. Doch daß es ausgerechnet an dem Samstag regnen mußte, an dem wieder ein Vatertreffen fällig war, fand Markus ziemlich ungerecht. Die Sache war klar: Er würde den ganzen Nachmittag bei Papas Familie verbringen müssen.

Papas Familie, das waren Papa, seine Frau, zwei kleine Kinder und ein Hamster (namens Goldi). Aber der schlief meistens, und einmal hatte er Markus sogar fast den Zeigefinger abgebissen. Also, auf so einen Besuch konnte man verzichten.

Regnen tat's auch schon beim letzten Vatertreffen. Ein richtiges Kinowetter war das. Markus wäre gern mit Papa ins Kino gegangen. In einen Monsterfilm. Die Kinder der höheren Klassen lobten diesen Film sehr, aber Markus' Mutter wollte keine sechs Mark Eintrittsgeld dafür ausgeben. „Dumm und brutal obendrein“, sagte sie, und damit war die Sache erledigt.

Der Vater war schon beinahe damit einverstanden. Markus hatte bereits die Schuhe angezogen. Da wollten plötzlich auch die zwei Kinder mit. Das war natürlich wegen der Monster ausgeschlossen. Sie brachen daraufhin in ein fürchterliches Gebrülle aus, und Vaters Frau fragte mit spitzer Stimme: „Muß das denn unbedingt heute sein?“

Markus wartete gespannt, was Papa sagen würde. Er stellte sich vor, daß Papa sagte: „Renate, es ist vielleicht die letzte Gelegenheit. Wer weiß, ob der Film morgen überhaupt noch läuft. Und so was können sich Männer wie Markus und ich doch nicht entgehen lassen!“ Oder etwas Ähnliches.

Doch Papa sagte überhaupt nichts. Er tröstete vielmehr die brüllenden Kinder. Und die Frau drehte sich zu Markus um und meinte: „Der Film läuft euch doch nicht weg.“

Und damit war es aus. Der Vater sagte keinen Mucks mehr. Der Vater sagte übrigens oft keinen Mucks mehr, wenn seine Frau mit spitzer Stimme sprach. So jedenfalls empfand es Markus.

Renate hieß sie, und sie wollte, daß Markus auch „Renate“ zu ihr sagte. Das war schwierig. Es ging ihm einfach nicht über die Lippen. Aber zum Glück fand Markus heraus, daß man es überhaupt nicht zu sagen brauchte. Man fragte zum Beispiel: „Kann ich bitte ein Wurstbrot kriegen?“, und die „Renate“ ließ man einfach weg. Damit war man aus dem Schneider.

Etwas schwieriger war es mit den zwei Kindern, die Vater mit der Renate hatte. Tommi und Lisa hießen sie und hatten beide Schnuller. Es ist nicht einfach für einen achtjährigen Jungen, sich mit Schnullerkindern zu unterhalten. Was so

einem Schnullerkind Spaß macht, darüber kann ein Achtjähriger wirklich kaum noch lachen.

Zum Beispiel Müllabfuhr spielen auf dem Sofa. Oder, wie an diesem Samstag, Versteck spielen im Wohnzimmer, wobei das eine Schnullerkind unterm Sessel und das andere unter der Kommode lag, und alle beide ließen ihre Füße weit herausgucken.

Der Vater konnte das. Er ging im Zimmer herum und fragte: „Wo ist der Tommi? Wo ist er denn?" und: „Hat jemand Lisa gesehen?" Markus war so etwas unmöglich. Er kam sich dabei ungeheuer blöde vor.

Noch blöder kam sich Markus vor, als ihm dann die Frau urplötzlich eine gelbe Schürze mit einer Erdbeere drauf umband und ihn in die Küche führte. Er sollte Plätzchen backen.

Die zwei Schnullerkinder standen schon mit ihren Schürzen auf zwei Hockern vor der Anrichte.

„Magst du Häschen backen, Markus?" Tommi strahlte. Wie Tommi es schaffte, den Schnuller beim Sprechen im Mund zu behalten, war Markus unbegreiflich.

„Oder lieber Gockelhähne?" fragte Lisa. Lisas Schnuller baumelte an einer rosa Schleife.

Markus spürte, daß jetzt etwas geschehen mußte. Natürlich fiel ihm wieder der Monsterfilm ein (der lief ja immer noch), doch er wußte, daß er damit keinen Erfolg haben würde. Jetzt brauchte er dringend eine Idee. Und er hatte eine.

„Oje!" rief er mit erschrockenem Gesicht. „Fast hätte ich's vergessen!"

Und als alle fragten, was er denn vergessen hätte, sagte er: „Das Gedicht! Ich muß noch ein ziemlich langes Gedicht auswendig lernen!" Und schon steuerte er auf die Tür zu.

„Für das Schulfest!" rief er noch aus dem Vorzimmer. Das Schulfest war erst in einem halben Jahr, aber das brauchte ja keiner zu wissen.

„Mensch, es ist doch erst halb vier", sagte der Vater. Er

kam aus dem Wohnzimmer und kratzte sich im Nacken. Das machte er immer, wenn er in Schwierigkeiten war. „Wir hätten noch ein bißchen Dame spielen können. Oder Vier gewinnt!"

„Ausgeschlossen", seufzte Markus und zog dabei die Schuhe an. „Außerdem schreiben wir morgen 'ne Mathearbeit, da muß ich auch noch was tun." Das war wieder gelogen, denn erstens war keine Mathearbeit in Sicht, und zweitens hatte Markus sowieso kein Matheüben nötig. Der Vater wußte das, und Markus wußte, daß er das wußte. Deshalb sagten sie beide lieber nichts mehr.

„Also tschüs dann!“ rief Markus. „Und viel Spaß beim Backen!“

Der Tommi und die Lisa kamen aus der Küche gelaufen und gaben Markus zwei nasse und klebrige Küsse auf die Wangen. Eigentlich sind sie ja ganz nett, dachte Markus, bloß zu klein.

Die Renate sagte, es täte ihr leid, daß Markus nicht mitbakken könne und daß es beim nächsten Mal bestimmt klappen würde. Bloß nicht, dachte Markus.

Dann fuhr ihn der Vater nach Hause.

„So 'n Scheißwetter“, sagte der Vater im Auto, „da kann man gar nichts machen.“

Kann man doch, dachte Markus, und zwar sehr viel. Zum Beispiel ins Kino gehen. In einen Monsterfilm, wo die Ungeheuer grünes Gift speien und sich mit Strahlenpistolen abknallen. Aber da darf es keine Schnullerkinder geben und keine Renate, die eine spitze Stimme hat.

Und er beschloß, nie in seinem Leben zu heiraten. Oder wenn, dann nur eine Frau, die ihn jederzeit und mit jedermann in einen Monsterfilm gehen lassen würde.

2. *Der falsche Klempner*

Schon beim Treppensteigen wußte Markus genau, was die Mutter sagen würde. „Was ist passiert?" würde sie fragen. So war die Mutter nun mal: Kam Markus viel zu spät nach Hause, fragte sie, was passiert sei. Kam er viel zu früh, fragte sie es auch. Eine sehr komische Angewohnheit!

Diesmal hatte Markus sich geirrt. Seine Mutter fragte ihn nicht. Weil sie nämlich gar nicht zu Hause war. Nicht im Wohnzimmer, nicht in der Küche und auch nicht im Kinderzimmer. Vermutlich war sie einkaufen gefahren. Es war ja langer Samstag.

Markus kehrte in die Küche zurück und beschloß, sich ein belegtes Brötchen zu machen, so wie er das gerne mochte: mit Senf, mit einer dicken Scheibe Wurst und einem ordentlichen Klecks Ketchup obendrauf. Wenn Mama ihm ein Brötchen schmierte, dann machte sie entweder überhaupt keinen Ketchupklecks obendrauf oder nur einen klitzekleinen. Wobei es doch genau auf diese Mischung ankam!

Gerade als Markus das Riesending fertig hatte und hineinbeißen wollte, hörte er plötzlich ein Geklimper aus dem Badezimmer. Das Badezimmer hatte Markus bei der Muttersuche vergessen. Die Mama war also doch zu Hause.

Blitzschnell leckte Markus das Brötchen rundherum ab, damit nichts mehr von dem herrlichen Tomatenbrei zu sehen war, öffnete die Tür zum Badezimmer – und beinahe wäre ihm vor Schreck das Brötchen aus der Hand gefallen.

Auf dem Badezimmerboden hockte ein fremder Mann. Markus trat einen Schritt zurück. Einbrecher, dachte er, Mörder.

„Grüß dich, Markus." Der Mann lächelte ihn an. Er stand auf und gab ihm die Hand. „Ich bin Matthias."

Aber da hatte Markus den Werkzeugkasten gesehen und den abmontierten Wasserhahn. Er hätte sich ohrfeigen können.

Ein Handwerker! Natürlich! Der Wasserhahn tropfte schon eine Ewigkeit, und die Mutter hatte immer gesagt: „Da muß ich endlich mal die Oechsle-Leute anrufen.“ Die Oechsle-Leute waren Klempner. Wie konnte Markus bloß an einen Mörder denken!

Aber woher wußte der Handwerker seinen Namen? Von der Mutter wahrscheinlich.

„Deine Mutter kommt gleich“, erklärte dann auch tatsächlich der Oechsle-Mann, „sie ist nur schnell zum Supermarkt.“ Markus atmete erleichtert auf. Es war ihm ziemlich peinlich, daß er vorhin so erschrocken war. Und weil er gar nicht wußte, was er nun sagen sollte, biß er zunächst mal kräftig in das Brötchen.

„Guten Appetit“, sagte der Oechsle-Mann.

„Danke“, murmelte Markus mit vollem Mund und spürte, wie sein Herzschlag sich wieder normalisierte.

„Ganz schön überdreht, unsere Wasserhähne, was?“ sagte er dann, um die peinliche Situation taktvoll zu beenden.

„Sagenhaft.“ Der Handwerker schüttelte den Kopf. „Sag mal, was macht ihr damit?“

Markus erklärte dem Oechsle-Mann, daß das ganze leider seine Schuld sei. Weil er soviel Kraft in den Händen habe und die Dinger zu kräftig zudrehe. Denn an seiner Mutter, so meinte Markus, könne es unmöglich liegen. Bei den feinen Händen. Sie sei überhaupt eine schwache Person. Also was Muskeln angehe. „Beim letzten Ringkampf hat sie jedenfalls zwei zu fünf verloren“, erzählte Markus.

„Beim Ringkampf? Mit wem?“

„Na mit mir! Und vorletztes Mal war’s eins zu fünf!“

Der Handwerker lächelte: „Ach so ist das ... ihr beide macht Ringkämpfe.“

„Na ja“, sagte Markus, „in letzter Zeit wird’s eher langweilig, weil ich immer gewinne. Ein paarmal hab’ ich ihr sogar schon Punkte geschenkt ... wenn Sie verstehen, was ich meine.“

„Ja“, nickte der Handwerker, „ich verstehe.“

Jetzt erwartete Markus, daß der Mann ihn weiter fragen würde. Vielleicht, welche Technik er beim Ringkampf anwende? Welche Griffe? Und Markus könnte dann zum Beispiel den Polizeigriff nennen. Oder andere Tricks.

Aber der Handwerker fragte nicht weiter, er lächelte ihn bloß freundlich an und hantierte an dem Wasserhahn herum. Er hatte einen Bart und – das war merkwürdig – er hatte keine Arbeitskleidung an, sondern nur Jeans und Hemd. Und noch merkwürdiger war es dann, als die Mutter vom Einkaufen zurückkam.

„Einen Kaffee trinkst du aber noch mit", sagte sie, als der Oechsle- Mann mit der Arbeit fertig war. „Jetzt hab' ich extra deinetwegen den Kaffee und frische Brötchen geholt!"

„Du" hatte sie zu dem Handwerker gesagt! Markus war sehr erstaunt. Und noch erstaunter war er, als die Mutter sagte: „Matthias ist doch kein Oechsle-Mann, Markus."

„Ich bin kein Installateur, weißt du", sagte der Mann. „Das mit den Wasserhähnen hab' ich mir einfach selbst beigebracht. Richtig reparieren kann ich andere Dinge ..."

„Zentrifugen zum Beispiel", sagte die Mutter. Als müßte jeder wissen, was Zentrifugen sind.

„In der Klinik, in der deine Mutter arbeitet", sagte der Mann.

„Daher kennen wir uns, verstehst du?" fügte die Mutter noch hinzu.

„Ach so", sagte Markus, weil ihm nichts besseres einfiel.

Und heute mittag, fuhr sie fort, als Markus bei Papa war, da habe Matthias angerufen und angeboten, vorbeizukommen.

„So", freute sie sich, „nun sind wir die Wasserhahnplage los, und ihr kennt euch endlich!"

Markus dachte nicht daran, sich zu freuen. Er spürte, wie ihn die Wut packte. Was heißt hier: „Ihr kennt euch endlich?" Will der jetzt öfter kommen? Markus konnte fremde Männer in der Wohnung nicht leiden. Handwerker waren die Ausnahme – ansonsten hatten fremde Männer bei ihnen nichts zu suchen!

„Das hättest du mir aber früher sagen können!“ sagte Markus laut.

„Was denn?“

„Das!“ sagte Markus noch lauter, drehte sich auf der Stelle um und verschwand im Kinderzimmer.

Und er rührte sich nicht, als die Mutter rief: „Markus! Komm bitte zurück!“ und noch einmal: „Markus!“

Markus drehte sogar den Türschlüssel im Schloß um. Nach einer Weile hörte er die Mutter kommen. Sie drückte die Türklinke herunter.

„Markus, laß den Quatsch! Mach auf!“ Markus machte nicht auf.

Erst als ihm die Mutter versicherte, der Mann sei weg, machte er auf.

„Also, paß mal auf, Markus“, sagte die Mutter, „das Theater, das du eben gemacht hast ...“

„Ich hab' kein Theater gemacht!“ schrie Markus.

„Doch. Hast du. Ursprünglich wollte ich Matthias zum Abendessen einladen, aber nachdem du dich so aufgeführt hast ...“

„Hat er denn zu Hause nichts zu essen, der Herr Matthias?“

„Was soll das, Markus“, sagte die Mutter, „es war doch ganz lieb von ihm, daß er uns geholfen hat mit den Wasserhähnen.“

Und dann nannte sie ihn „einen netten Bekannten“.

„Ja und?“ fragte Markus.

„Nichts und“, sagte die Mutter, „ein netter Bekannter eben. Du hast keinen Grund, eifersüchtig zu sein.“

Markus fand, die Mutter übertreibe wieder mal maßlos. Sonst würde sie nämlich solch einen Quatsch nicht erzählen: Er sollte eifersüchtig sein! Ungeheuerlich, wie die Erwachsenen die Dinge verdrehen können.

Und als er dann hörte, daß es Nudelauflauf gab, fühlte Markus, wie ihn die Wut langsam verließ. Er bekam Hunger.

Vor dem Abendessen sollte Markus noch in die Wanne steigen, meinte die Mutter. Erstens, weil er wieder mal wie ein Ferkel aussehe, und zweitens wirke Baden beruhigend. Da hatte die Mutter ausnahmsweise mal recht. Baden war immer gut.

Also genehmigte sich Markus ein ausgedehntes Bad und brüllte dabei mit unterschiedlicher Lautstärke und in unterschiedlichen Tonlagen, und das Brüllen tat ihm nach all der Aufregung sehr wohl.

Er dachte dabei an angenehme Dinge. An den kommenden Montag zum Beispiel, an dem im Hort ein Schnecken- und Regenwurmrennen veranstaltet werden sollte. Markus hatte auf die Schnecke gesetzt.

Nach einer Viertelstunde klopfte es plötzlich am Badezimmerboden. Es war Frau Krönig von unten.

Sie klopfte mit einem Besen an die Decke, und das Klopfen bedeutete: „Ruhe, verdammt!"

Markus hörte auf zu brüllen. Das Besenklopfen kannte er schon von früher. Als seine Eltern noch verheiratet waren und sich abends laut zankten, da hatte Frau Krönig genauso geklopft, und die Eltern gingen dann ins Wohnzimmer streiten, weil das Wohnzimmer besser isoliert war.

Doch das war schon drei Jahre her. Seitdem klopfte Frau Krönig nur selten an die Decke. Sie hatte keinen Grund zum Klopfen, außer wenn Markus in der Badewanne brüllte. Ansonsten war es ruhig geworden zu Hause seit der Scheidung, sehr ruhig. Und das war gut so!

Markus dachte wieder an Montag.

Hätte Markus gewußt, was passieren würde, so hätte er sich bestimmt nicht darauf gefreut.

3. Benni hat alles gesehen

Markus hatte nicht nur einen guten Freund, er hatte gleich zwei: Benni und Julia. Mit beiden ging er in eine Klasse. In die 3b. Und jeder von den beiden war für etwas anderes zuständig.

Mit Benjamin konnte man ausgezeichnet Agent spielen oder Detektiv. Benjamin kannte sich mit allen Knallpistolen aus und besaß auch viele. Und wenn man Lust hatte, einfach in der Gegend herumzuschlendern und nach interessanten Sachen zu suchen, war Benjamin dafür erste Wahl.

Er war sich nämlich nicht zu fein, auch in einer Mülltonne oder sogar in einem Müllcontainer nach wertvollen Gegenständen zu suchen. Wovor sich ja die meisten Leute ziemlich ekeln.

Julia ekelte sich vor den Mülltonnen ganz besonders. Aber wenn einem nach Basteln, Tierklinikspielen oder In-der-Besenkammer-eine-Hütte-Bauen zumute war, konnte man immer mit Julia rechnen. Außerdem ging sie zum Ballettunterricht, und als sie Markus einige Ballettschritte zeigte, war er sich sicher, daß Julia einmal eine berühmte Künstlerin sein würde. Und er würde dann immer Freikarten bekommen. Julia ging auch, genauso wie Markus und Benjamin, nach der Schule in den Hort.

Am Montag nachmittag holten Benjamin und Markus ihre Kandidaten – Markus die Schnecke und Benjamin den Regenwurm – aus den Streichholzkästchen und setzten sie auf die Rennbahn.

Die Rennbahn war ungefähr einen Meter lang und glattgeräumt. Benjamin hatte sogar aus Tannennadeln einen klitzekleinen Besen gemacht und damit die Strecke gefegt.

Das Rennen begann. Benjamins Regenwurm kroch vorwärts, während Markus' Schnecke sich kein bißchen von der Stelle rührte.

Markus stupste die Schnecke ein bißchen. Nichts.

„Meine Damen und Herren!" rief Benni. „Das Rennen findet nicht statt! Der Favorit befindet sich im Tiefschlaf!"

Na warte, dir werde ich es zeigen, dachte Markus und versuchte, die Schnecke aus ihrem Haus herauszulocken. Denn es ging um viel: Markus hatte um seinen Kompaß gewettet und Benni um seine Knallpistole. Ein Zwölferschuß. Den wollte Markus unbedingt haben. Markus' Mutter weigerte sich nämlich, Markus Pistolen zu kaufen. Markus blieb nichts anderes übrig, als dafür sein Taschengeld auszugeben. Da aber sein Taschengeld knapp war – genau eine Mark fünfzig pro Woche –, mußte er Abhilfe schaffen, so gut er konnte. Wetten waren bei einem solchen Pistolenmangel eine gute Gelegenheit.

Und gerade jetzt blieb Markus' Schnecke wie angewurzelt stehen!

„Soll ich Löwenzahn holen, Markus?" bot Julia an. „Als Köder?"

Doch da protestierte Benni ganz heftig und meinte, es wäre gegen die Regeln. Ein Schiedsrichter, behauptete er, dürfe das Rennen nicht beeinflussen.

„Ihr seid verknallt", sagte er und grinste.

„Quatsch", sagte Markus.

„Unsinn", sagte Julia.

„Doch", meinte Benni, „genauso wie deine Mutter in den Mann mit dem Bart."

„Waaas?" rief Markus.

„Na, der Mann! Ich hab' sie doch gesehen, in der Stadt! Am Dienstag, als ich meine Oma besucht habe. Da hab' ich deine Mutter gesehen ... Sie saß bei ihm im Auto, und sie haben sich geküßt."

Markus vergaß die Schnecke und auch den Regenwurm.

„Sag das noch mal!" drohte er.

Benni grinste: „So richtig geknutscht haben sie ... wie im Film!"

„Meine Mutter knutscht nicht!" schrie Markus. „Sie knutscht nicht, und schon gar nicht im Auto! Das ist nicht wahr!" Er sprang auf.

„Klar ist das wahr", sagte Benni. „Du kriegst eben 'nen neuen Vater."

Markus trat einen Schritt vor. Das war der Gipfel! Das müßte er doch als erster wissen!

„Du lügst", sagte Markus.

„Nein", gab Benni zurück.

„Blödmann!“ schrie Markus, nun ganz wütend, und trat noch einen Schritt vor.

„Selber“, sagte Benni.

Und dann schubste Markus Benni ein bißchen. Benni schubste Markus zurück. Daraufhin packte Markus Benni am Hals und drückte zu, und Benni trat ihm dafür vors Schienbein.

„Aufhören!“ schrie Julia, doch es war zu spät. Sie lagen schon am Boden.

Und sie schlugen sich so lange, bis Frau Becker kam und sie auseinanderriß. Sie wunderte sich, daß so dicke Freunde wie Markus und Benjamin eine Prügelei anfangen konnten.

Benni sagte nichts und ließ sich von Frau Becker die Schramme auf der Nase verarzten.

Markus sagte auch nichts, und die Schramme auf der Hand machte er sich im Bad selber sauber.

Die Schnecke war inzwischen von der Rennbahn verschwunden, und auch der Regenwurm machte sich davon.

Deshalb können wir leider nicht mehr erfahren, wie das Rennen wohl ausgegangen wäre. Und Markus auch nicht. Aber ehrlich gesagt, Markus war das vollkommen egal. Er hatte andere Sorgen.

4. Die Mutter wird nicht rot

Beim Nachhausegehen ließ sich Markus diesmal sehr viel Zeit. Er wollte allein gehen und langsam.

Nicht, daß er benommen gewesen wäre von der Prügelei mit Benjamin. Markus war viel zu stark, um sich von Benni ernsthaft verprügeln zu lassen. Außerdem hatte Benni Nudelbeine und konnte nicht ordentlich kämpfen.

Markus ging langsam, weil er nachdenken mußte. Denn das, was Benjamin gesagt hatte, war bestimmt nicht gelogen. Wie sonst konnte Benjamin wissen, daß der Mann einen Bart hatte? Also war Mama die Betrügerin.

Am Samstag war Markus wütend, weil der Handwerker plötzlich kein Oechsle-Handwerker war, sondern ein „netter Bekannter“. Aus dem „netten Bekannten“ war auf einmal jemand geworden, der seine Mutter abknutschte! Jetzt war Markus noch wütender. Er fand Mutters Verhalten unfair. Bisher hatten sie schließlich alles gemeinsam besprochen: was am Wochenende gemacht wurde, ob man Spaghetti kochte oder Buletten, ob man einen gelben oder einen grünen Wellensittich kaufte (am Ende hatten sie einen weißen gekauft, und der war nach zwei Monaten gestorben) und auch, ob man zu Frau Krönig sagte, sie solle sich bitte daran erinnern, daß sie auch mal ein Kind war und in der Badewanne gebrüllt hat.

Und jetzt auf einmal diese Geheimnistuerei! Als wäre ein Mann, den man im Auto küßt, keine wichtige Sache! Wer weiß, wie lange die Küsserei schon ging!

Als Markus nach einer Stunde nach Hause kam, schaute er die Mutter prüfend an.

Sie schien kein schlechtes Gewissen zu haben. Nicht die Spur.

Leute mit schlechtem Gewissen, das wußte Markus, werden rot und schlagen die Augen nieder. Oder sie weichen aus, wenn man sie anschaut. Aber die Mutter wurde weder rot, noch schlug sie die Augen nieder, noch wich sie seinem Blick aus. Im Gegenteil, sie war ärgerlich:

„Du sollst aus dem Hort direkt nach Hause gehen, das weißt du doch! Wo hast du dich so lange rumgetrieben?"

„Meine Sache“, knurrte Markus und steuerte zum Kinderzimmer.

„Was soll dieser Ton? Ist etwas passiert?“

Markus antwortete nicht.

„Hör mal, ich frage dich ...“, begann die Mutter.

„Und ich will nichts sagen!“ brüllte Markus. „Du sagst mir ja auch nichts! Die im Hort lachen schon darüber!“

Die Mutter sah ihn nur fassungslos an.

„Ja“, schrie Markus, „ich weiß sowieso alles! Wenn man sich mit jemandem im Auto abknutscht, dann ist derjenige kein ‚Bekannter‘, sondern ...“ Jetzt fiel Markus nur „Verknallter“ ein, aber das kam ihm irgendwie blöde vor.

Deshalb sagte er erst mal nichts mehr und wartete, was seine Mutter nun sagen würde.

Die Mutter sagte gar nichts. Sie nahm Markus stattdessen an die Hand und zog ihn ins Wohnzimmer, und dort setzte sie sich mit ihm auf die Couch.

„Ich hab’s doch versucht“, sagte sie, „ich wollte ja mit dir darüber reden. Aber ... ich habe einfach Angst gekriegt, daß du durchdrehen würdest. Darum hab’ ich dir vielleicht nicht genug gesagt über Matthias.“

Sie schaute Markus an. Markus wartete.

„Und außerdem“, sagte die Mutter dann, „außerdem ist die Sache ja gar nicht reif gewesen.“

„Nicht reif?“ brüllte Markus. „Und die Küsserei? Das ist nichts?“

„Markus“, sagte die Mutter leise, „in deinem Alter könntest du doch verstehen, daß ich Matthias lieb habe, daß ich gern mit ihm zusammen bin.“

„Und was ist mit mir?“ fragte Markus. Sein Mund war ganz trocken.

„Mit dir?“ Die Mutter nahm ihn in die Arme. „Ich hab’ dich doch nicht weniger lieb, wenn ich auch Matthias mag“, sagte sie.

Markus rückte ein Stückchen weg. Er schwieg.

„Du bist ein Kind, und Matthias ist ein erwachsener Mann“, sagte die Mutter. „Das ist etwas ganz anderes.“

Als Markus immer noch schwieg, gab sie ihm mehrere Küsse und sagte: „Du bist doch der allerbeste Freund, den ich auf der Welt habe. Das weißt du doch.“

Das tat Markus zwar gut, trotzdem blieb aber noch eine Menge zu klären. „Wirst du dich wieder mit ihm treffen?“ fragte er.

„Ja ... warum nicht?“

„Auch wenn ich es nicht will?“

„Hör mal zu, Markus...“

„Ja oder nein?“

„Ja, natürlich! Ich hab' dich lieb und ... Matthias auch. Und ich glaube, du wirst dich daran gewöhnen müssen. Er könnte auch für dich ein guter Freund sein“, fügte die Mutter hinzu.

„Nein!“ schrie Markus. „Niemals!“ Er lief ins Bad und knallte die Tür zu.

Das war doch der Gipfel – nicht nur, daß die Mutter die Küsserei und alles andere zugegeben hatte, jetzt sollte er sich auch noch mit einem fremden Mann „anfreunden“! Als hätte Markus je nach einem neuen Vater verlangt! Als hätte er keinen eigenen! Der hatte zwar eine neue Frau und zwei Schnullerkinder, aber es war immer noch sein Vater! Gleich am übernächsten Samstag würden sie gemeinsam in einen Monsterfilm gehen und dann ins Restaurant, wo Markus sich Spaghetti Bolognese, ein Glas Cola und zum Nachtisch einen Eisbecher bestellen würde!

Und überhaupt – als wüßte Markus nicht, was die Erwachsenen mit dem „Sich-lieb-haben“ wirklich meinen. Als wüßte er nicht, daß sie sich nur am Anfang abknutschen und Händchen halten. Und später dann getrennt im Schlafzimmer und auf dem Wohnzimmersofa schlafen.

Sie streiten so laut, daß man gar nicht schlafen kann. Auch wenn man sich beide Ohren mit einem Kissen zuhält. Und wenn man sich die Ohren nicht zuhält und dem Gezanke lauscht, kapiert man sowieso nur Bahnhof. Man hört von „Muttersöhnchen" und von „Erbschäden väterlicherseits". Und daraus wird man auch nicht gerade schlau.

Und nun sollte es wieder losgehen? Nein, ein neuer Mann kam überhaupt nicht in Frage. Auf gar keinen Fall.

5. Ein Vatersamstag

Es vergingen kaum zwei Tage, da hatte Markus einen neuen Grund, sich zu ärgern.

Es begann mit Kartoffeln. Jawohl, mit Kartoffeln, und zwar mit einer besonders guten, kochfesten Sorte. Denn die wollte nun Mama beim Bauern Köpke kaufen. Ihre Kolleginnen in der Klinik, sagte sie, lobten die Köpke-Kartoffeln sehr.

Deswegen wolle sie gleich zwei große Säcke davon kaufen. Und weil die Kartoffelsäcke so schwer seien, würde ihr Matthias heute nachmittag helfen, sie in den Keller zu bringen.

Markus sagte nichts. Dafür dachte er aber eine Menge! Zum Beispiel: Sehr komisch! Und: Wieso große Kartoffelsäcke? Wo sie bisher nur kleine Kartoffelsäcke kauften? Und jahrelang auch ohne irgendwelche Köpke-Kartoffeln gelebt hatten?

Es war doch klar wie Kloßbrühe: Die ganze Säcke-Trägerei war nur ein Vorwand. Damit dieser Mann wieder zu ihnen kommen konnte und wieder im Wohnzimmer saß, Kaffee trank und der Mutter verliebte Augen machte.

Und so war es dann auch.

Er kam mit Mama in die Wohnung. Mama rief: „Markus!", und Markus mußte kommen, um „Guten Tag" zu sagen. Er sagte natürlich nicht „Guten Tag", sondern nur „Tag". Das war unter diesen Umständen mehr als genug!

Und als ihn der Mann dann fragte, wie es ihm gehe, da sagte Markus: „Gut", drehte sich um und verließ das Wohnzimmer.

Eigentlich hätte er sagen müssen: „Gut geht es mir, und es würde mir noch viel besser gehen, wenn Sie endlich verschwinden würden!" Doch das traute Markus sich natürlich nicht. Denn dann wäre seine Mutter wahnsinnig wütend. Es reichte ja schon, daß sie – nachdem der Mann wirklich weggegangen war – zu Markus sagte: „Ein bißchen netter könntest du aber schon zu Matthias sein. Er hat dir ja schließlich nichts getan."

So weit war es schon gekommen!

Um so mehr freute sich Markus auf den kommenden Vatersamstag. Und er sagte es auch der Mutter, daß er sich freute. Gleich zweimal sagte er das: beim Frühstück und beim Mittagessen. Damit sie ja nicht vergaß, daß es bereits einen Vater gab!

Am Nachmittag waren Markus und sein Vater in den Monsterfilm gegangen. Der Monsterfilm war sehr schön und schaurig. Der Vater kaufte Markus eine Tüte geröstete Mandeln, und Markus holte sich bei jeder besonders spannenden Szene eine Mandel heraus. Am Ende des Films waren alle Mandeln aufgegessen!

Als sie dann draußen waren und zum Auto gingen, freute sich Markus sehr auf den Italiener.

Aber da kratzte sich der Vater wieder im Nacken und sagte, heute ginge das leider nicht. Weil er jetzt den Tommi von einer Geburtstagsfeier abholen müsse. Denn die Renate sei mit Lisa zu Hause, weil Lisa Mumps habe.

„Aber du kannst natürlich mitfahren, und dann können wir ja noch zu dritt auf ein Eis ins Eiscafé gehen", sagte der Vater.

Markus war sauer. Sehr sauer sogar. Schon hatte er sich nämlich vorgestellt, wie er „Spaghetti Bolognese!" zu dem italienischen Kellner sagen würde. Und: „Eine Cola, bitte!"

Es blieb ihm aber nichts anderes übrig, als mitzufahren und mit seinem Vater den Tommi abzuholen.

Sie kamen in eine große Wohnung, wo es von Geburtstagskindern nur so wimmelte. Alle waren klein.

Markus blieb im Vorzimmer stehen und nahm sich fest vor, unter keinen Umständen weiterzugehen. Es hätte ja glatt passieren können, daß die Kinder auf die Idee kamen, mit ihm zum Beispiel „Häschen in der Grube" zu spielen. Und er mußte vielleicht in der Mitte hocken und das Häschen machen. Nein, das war zu riskant.

„Tommilein!" rief die Geburtstagskind-Mutter. „Dein Brüderchen ist da!"

Markus blickte verlegen seinen Vater an. Jetzt war eine Erklärung fällig.

„Das hab' ich gar nicht gewußt", schnatterte die Dame weiter, „daß Tommi einen so großen Bruder hat! Aber ähnlich seid ihr euch kein bißchen!"

Da erklärte der Vater der Frau, daß Markus nur ein Halbbruder von Tommi sei. Markus war das unangenehm. Es war ja nicht das erste Mal, daß Vater so was erklären mußte. Und jedesmal sagten die Leute „ach so" und sahen dabei so aus, als wüßten sie gar nicht, was sie sagen sollten.

Zum Glück kam Tommi aus dem Kinderzimmer – schnullerlos, puterrot im Gesicht und mit einer großen Tüte in der Hand.

Und einen geheimnisvollen Ausdruck hatte der Tommi auch. Markus kannte diesen Ausdruck schon: Den hatte Tommi jedesmal drauf, wenn er Markus etwas sagen wollte, was die Eltern nicht hören sollten. Etwas Verbotenes. Als sie dann im Auto saßen und losfuhren, rückte Tommi dicht an Markus heran und flüsterte: „Soll ich dir was sagen?"

Markus nickte. Doch Tommi kam nicht dazu, denn er hatte gerade im vorbeifahrenden Auto einen Bernhardiner gesehen und wollte, daß der Vater den Bernhardiner verfolgte. Der Vater sagte, daß sie jetzt keinen Bernhardiner verfolgen, sondern daß sie zur Konditorei Becker fahren würden, um Eis zu essen. Darauf schrie Tommi, er könne jetzt auf keinen Fall etwas essen. Denn er habe sich den Bauch so vollgeschlagen, daß er kein bißchen hinunterschlucken könne.

„Sonst spuck' ich!" drohte Tommi.

„Tja", der Vater kratzte sich im Nacken, „was machen wir nun?"

„Den Bernhardiner verfolgen!" rief Tommi.

„Wollen wir das Eisessen verschieben", fragte der Vater, „und beim nächsten Mal zum Italiener gehen?"

„Okay", sagte Markus und war sehr enttäuscht. So hatte er sich den Vatersamstag nicht vorgestellt! Er sollte sich jetzt gleich nach Hause fahren lassen. Dann könnte er wenigstens noch den „Zauber der Manege" im Fernsehen sehen. Aber das war wahrscheinlich auch schon vorbei. Nein, dieser Samstag war nicht mehr zu retten.

Sobald das Auto wieder losgefahren war, rückte Tommi an Markus heran und flüsterte:

„Sag mal Banane!"

„Banane", sagte Markus.

„Nackte Dame", sagte Tommi und strahlte.

Markus lächelte ein bißchen. Aber wirklich nur ein bißchen. Denn nach Lachen war ihm eigentlich gar nicht zumute.

6. Die Bande im Keller

Am Dienstag im Hort kam Julia zu Markus und sagte, er solle sich keine Sorgen machen wegen des fremden Mannes. Denn sie wüßte vielleicht jemanden, der Markus helfen könnte. Und sie zeigte auf den Hof.

„Philipp wartet schon auf dich“, sagte sie.

„Philipp? Philipp Ziegler?“ wunderte sich Markus.

„Genau der“, sagte Julia.

Markus kannte den Philipp. Er ging in die 5b und wohnte im selben Haus wie Julia. Erstkläßler und Vorschulkinder gingen Philipp lieber aus dem Weg, weil er sie auf dem Schulweg gerne schubste. Drittkläßler wie Markus schubste Philipp natürlich nicht so oft.

Markus konnte sich zwar nicht vorstellen, wie Philipp ihm bei seinem Problem behilflich sein sollte, doch Julia behauptete, Philipp habe viel Erfahrung. Weil seine Eltern auch geschieden seien und Philipp bei seiner Mutter lebe. Also ging Markus hin.

Philipp saß auf dem Klettergerüst, die Hände in den Jackentaschen vergraben. Er gehörte zu den Kindern, die Markus, Benni und Julia „groß“ nannten.

„Na, Kleiner?“ sagte Philipp. „Du brauchst Beratung, hab' ich gehört!“

Markus überlegte. „Kleiner“ paßte ihm überhaupt nicht, aber wenn man in die dritte Klasse geht und einem Fünftkläßler gegenübersteht, dann ist es nicht leicht zu sagen, daß einem etwas nicht paßt.

„Meine Mutter hat einen Freund“, sagte Markus.

„Und du willst ihn rausekeln?“

„Rausekeln? Geht das?“

„Na klar geht das“, grinste Philipp, „wenn du die richtigen Tricks draufhast.“

Philipp wollte noch etwas sagen, doch dann sah er plötzlich

Benjamin kommen. Das heißt, Benjamin kam nicht direkt zu ihnen. Er ging den Zaun entlang, und auf einmal stand er bei ihnen.

„Hallo, Philipp“, grüßte er.

Markus schaute auch zu Benjamin hinüber, sagte aber nichts. Seit einer Woche – seit der Prügelei – hatten sie kein Wort mehr miteinander gesprochen.

„Brauchste auch Beratung?“ fragte Philipp.

„Ich? Nein ...“

Benni schaute wieder Markus an. Markus schwieg.

„Also kommt, wir gehen in den Keller“, befahl Philipp und sprang mit einem Satz vom Klettergerüst hinunter.

„Darf ich auch mit, Philipp?“ fragte Benni.

„Meinetwegen.“

Philipp vergrub die Hände in den Jackentaschen und steuerte den Keller an.

Hinter Philipp ging Julia. Hinter Julia Markus. Als letzter ging Benjamin.

„Markus“, sagte er leise.

Und als sich Markus umdrehte und stehenblieb, da sagte Benjamin:

„Ich wußte doch nicht, daß du den Freund deiner Mutter nicht magst ... daß du deswegen so wütend warst.“

„Na ja“, sagte Markus, „konntest du auch nicht wissen.“

Benni strahlte: „Dafür helf' ich dir jetzt aber! Ich meine ... ihn rauszuekeln!“

„Okay“, nickte Markus, und beide atmeten auf. Endlich war der Krach vergessen! Und dann trabten sie in den Keller.

Mit dem Keller war das so eine Sache: Eigentlich durften die Hortkinder nicht in den Keller.

Es war auch schwer hineinzukommen, denn vor der Kellertreppe gab es eine Tür, die immer offenstand. Und drinnen saß die Hortleiterin, Frau Becker.

Wenn man nicht wüßte, daß es keine Hinteraugen gibt, müßte man denken, Frau Becker hätte welche. Denn immer, wenn ein Kind an ihrer Tür vorbeisauste, rief sie: „Halt, halt, halt! Wo willst du hin?"

Deswegen mußten sie es so machen: Philipp ging in Frau Beckers Zimmer und erzählte Frau Becker, daß die Schaukel draußen bald reißen würde. Und er zeigte durch das Fenster auf die Schaukel im Hof.

Und während Frau Becker „Das gibt's doch gar nicht" sagte und auf die Schaukel guckte, flitzten Markus, Julia und Benni an der Tür vorbei und verschwanden im Keller.

Philipp kam zehn Minuten später und grinste zufrieden.

Es war kalt im Keller. Der Raum war voller Kisten, in denen sich Pappkartons, Stoffreste, Holzstücke und sonstiges Bastelmaterial stapelten. Alte Stühle und Tische wurden auch hier gelagert.

An den Wänden liefen die dicken Rohre der Wasserleitung entlang. Man konnte sich denken, daß es hier nachts von Ratten nur so wimmelte. Markus musterte die Ecken und schaute unauffällig nach Rattenlöchern. Es waren keine zu sehen.

„Und wenn Frau Becker nach uns sucht?" fragte Benni.

„Wenn du Angst hast, dann geh doch wieder", grinste Philipp, „in der Kochgruppe kannste Kuchen backen. Mit Rosinen!"

Benni verstummte.

„Ich find's toll hier!" sagte Julia. „So richtig schaurig ... wie im Krimi! Als ob wir 'ne Bande wären!"

„Wir können ja 'ne Bande gründen", sagte Philipp.

„Genau", rief Benni, „wir sind ja alle ohne Vater!"

„Julia nicht", sagte Philipp.

Das stimmte: Julia war die einzige unter ihnen, die einen Vater hatte. Denn auch Bennis Eltern waren geschieden, genau gesagt: Frau Sailer hatte Herrn Sailer verlassen. Also gab es ein Problem. Denn Philipp wollte nur vaterlose Kinder in die

Bande aufnehmen. Julia sah das nicht ein: „Mein Vater ist so gut wie nie zu Hause!“ rief sie. „Mann, ich sehe ihn ja kaum! Morgens, wenn ich in die Schule gehe, schläft er noch, und abends, wenn ich ins Bett muß, ist er noch nicht zu Hause!“

„Trotzdem“, sagte Philipp.

Julia sprang auf und schrie, ihr Vater sei sogar am Wochenende kaum zu sprechen, denn er höre ja sowieso nicht zu, wenn man ihm was erzähle. Weil er Sorgen habe mit seiner Firma, weil nämlich über der Firma der Pleitegeier schwebe.

„Wer schwebt da?“ interessierte sich Benni.

„Der Pleitegeier“, wiederholte Julia.

Benni sagte „ach so“, und Markus hätte schwören können, daß Benni keine Ahnung hatte, was ein Pleitegeier ist und warum sich ausgerechnet Herr Eismann vor ihm so fürchtete.

Wenn es sich Markus richtig überlegte, war es ihm auch nicht ganz klar.

„Ich würde sie aufnehmen“, sagte er.

„Sie will doch aber ihren Vater gar nicht vertreiben“, sagte Philipp. Er schickte Julia nach draußen, damit sie beraten konnten.

Sie stimmten ab. Philipp war dagegen, Markus dafür und Benni ... na ja, Benni mußte es jetzt eigentlich entscheiden. Das war nicht einfach für Benni. Einerseits war er mit Julia befreundet, andererseits wollte er auch Philipps Freund sein. Einen „großen“ Freund hat man nicht alle Tage. Deswegen knüllte Benni bei seiner Entscheidung sehr lange ein Bonbonpapier zwischen den Fingern, und am Ende stimmte er doch für Julia.

„Aber bloß als Ehrenmitglied!“ verkündete Philipp.

„Was ist'n das?“ fragte Julia.

„Du darfst bleiben, aber nicht mitbestimmen“, sagte Philipp. Und dann sagte er noch: „Und ich bin der Chef.“

Niemand wiedersprach. Nicht daß Markus selbst der Chef

sein wollte. Aber daß man sich so einfach dazu machte, fand er frech. Andererseits war Philipp ja zwei Jahre älter. Und Erfahrungen hatte er auch. Da konnte man schlecht etwas einwenden.

„Und wie sollen wir uns nennen?" fragte Benjamin.

Es gab viele Vorschläge. Benni meinte, „Blutige Rächer" wäre nicht schlecht, Julia fand „Rausekelbande" gut, Philipp schlug „Schwarze Panther" vor. Das fand Markus aber ungeeignet, weil im Fernsehen mal eine Sendung war, wo „Graue Panther" vorkamen, und das waren lauter Rentner. Schließlich einigten sie sich auf „Einsame Wölfe". Einsam waren sie ja – und gefährlich wie Wölfe wollten sie werden!

Dann sagte Philipp, man müsse unbedingt einen Schwur ablegen. Und wer den Schwur brechen würde, müsse einen Regenwurm verschlucken.

„Auch Ehrenmitglieder?" fragte Julia. Man konnte sich vorstellen, daß Julia ein Regenwurm-Verschlucken nicht überleben würde!

„Sicher", erwiderte Philipp.

„Einen ganzen?" erkundigte sich Benni.

„Klar", nickte Philipp, „und kein Wasser zwischendurch trinken."

Das war natürlich hart. Und noch härter war der Schwur. Sie schworen mit erhobener Hand, daß sie immer schweigen würden.

„Auch wenn man mich mit glühenden Eisen foltert!" beendete Philipp den Schwur.

Julia wurde kreidebleich im Gesicht. Sie kreuzte bei dem Schwur noch schnell zwei Finger der anderen Hand hinter dem Rücken. Was das ganze selbstverständlich ungültig machte. Markus hatte es gesehen, sagte aber nichts.

Er freute sich: Jetzt war die Sache erst richtig abenteuerlich. Wie ein Pirat oder Verbrecher kam er sich vor. Und wenn Julia nun noch einen großen goldenen Ring im Ohr hätte, gäbe sie

bestimmt eine tolle Piratenbraut ab! Leider hatte sie bloß eine Haarspange mit einem Marienkäfer drauf.

„Und jetzt", sagte Philipp, „jetzt geb' ich dir meine besten Tips!"

Der erste Tip war, daß Markus sich in der Schule verschlechtern sollte. In Mathe zum Beispiel, wo er bisher so gut war. „Am besten Fünfer", meinte Philipp. Die Mutter sollte sehen, daß Markus sich jetzt nicht konzentrieren könne.

„Bomben-Idee", sagte Benni.

Für dich, dachte Markus, du hast ja sowieso schlechte Noten in Mathe.

„Mann", strahlte Benni, „ich kann dir meine Mathebögen borgen! Den Namen radierste weg und fertig! Ich krieg' doch nie was besseres als 'ne Vier! Wenn Frau Lehmann die Arbeiten einsammelt, gibst du meine ab, und ich deine!"

Benni sah aus, als hätte er gesagt: Jetzt schenk' ich dir meinen Zwölferschuß. Aber es war doch ein großer Unterschied, fand Markus, ob man einen Zwölferschuß angeboten kriegt oder eine Vier in Mathe. Also, richtig begeistert war er von dem Angebot nicht.

„Und wenn meine Mutter mit dem Mann abends mal essen gehen will?" fragte er. „Was mach' ich dann?"

„Krank werden", sagte Philipp, „Bauchschmerzen am besten."

Da hatte Markus große Zweifel: Er war ja bisher immer gesund! Nein, nein, das würde ihm die Mutter nicht glauben. Er würde wahrscheinlich wieder bei Benjamin schlafen müssen.

„Das ist doch kein Problem", meinte Benni, „du kannst ja sagen, daß wir uns verkracht haben!"

Markus fand, daß Benni ein sehr nützliches Bandenmitglied war. Denn auf so eine einfache Idee wäre er im Augenblick nicht gekommen!

Und Benni rieb sich die Hände und sagte: „Also merk dir, Kumpel – ab jetzt sind wir Todfeinde!"

7. Eins zu Null für die Mutter

Am Freitag nachmittag ging Markus mit seiner Mutter einkaufen. Auf dem Weg zum Supermarkt sagte die Mutter plötzlich:

„Am Mittwoch würde ich gerne mit Matthias ins Kino gehen, Markus. Möchtest du bei Benni schlafen?"

Na bitte, da haben wir's, dachte Markus. Wie gut, daß ich auf diesen Fall vorbereitet bin!

„Nein", sagte er.

„Warum denn nicht?" wunderte sich die Mutter. Normalerweise hätte Markus nämlich gleich „Au ja!" gesagt. Denn bei Benni zu schlafen, war immer ein großes Vergnügen. Manchmal schlief auch Benjamin bei Markus: wenn Frau Sailer in die Frauengruppe ging oder ins Theater. Bei Sailers fühlte sich Markus sehr wohl. Aber jetzt? Jetzt war das etwas anderes!

„Wir haben uns verkracht", sagte Markus, „und zwar für immer."

Mehr brauchte er zum Glück nicht mehr zu erklären, denn sie betraten gerade den Supermarkt, und die Mutter war ganz mit ihrem Einkaufszettel beschäftigt.

Markus freute sich: Die Sache lief! Natürlich war es eine Lüge. Aber – und das war klar – es war eine Notlüge. „In einer Notlage braucht der Mensch manchmal eine Notlüge", erzählte Frau Schweinfurth im Religionsunterricht, und Markus freute sich sehr, daß er sich wieder mal in einer echten Notlage befand und von einer Notlüge Gebrauch machen konnte.

Er freute sich aber nicht lange. Genau gesagt, freute er sich nur bis zu dem Augenblick, als sie im Supermarkt Frau Sailer trafen. Mit Benjamin.

„Hallochen!" sagte Frau Sailer, und schon eilte sie mit ihrem Einkaufswagen der Mutter entgegen.

Und Benjamin, der offensichtlich die ganze Abmachung vergessen hatte, rief: „Maarkii!" und sah so erfreut aus, daß

Markus dachte, jetzt wäre alles im Eimer. Er schaute schnell zu den beiden Frauen rüber. Sie standen bei ihren Wagen und redeten über Spargelpreise. Benjamins freudiges Gesicht sahen sie noch nicht.

Markus drehte sich zu Benjamin und sagte laut: „Du läßt mich jetzt gefälligst in Ruhe, ja!"

Er schnappte sich einen der Wagen und steuerte auf Benni zu. „Weg da!" schrie er.

Benni sprang zur Seite. So erstaunt hatte Markus ihn noch nie gesehen.

„Du Mistkerl!" fauchte Markus. Und dann kniff er ein Auge zu. Damit Benni kapierte, daß es nur gespielt war. Gott sei Dank kapierte Benni! Endlich!

„Du ferngesteuerte Gurke!" brüllte Benni los, schnappte sich den anderen Einkaufswagen und fuhr damit gegen Markus' Wagen. „Mit dir unterhalte ich mich gar nicht, verstanden?"

„Idiot", schrie Markus, „blöder!"

Frau Sailer und Markus' Mutter tauschten verblüffte Blicke.

„Bei mir wirst du nie wieder schlafen, du Hornochse, merk dir das!" brüllte Benni.

„Ich denk' nicht dran!" gab Markus zurück, „auch wenn man mich mit glühendem Eisen foltert!"

„Seid ihr übergeschnappt?" fragte Frau Sailer. „Was ist denn in euch gefahren?"

Doch Benni war jetzt richtig in Fahrt!

„Du Tieftaucher mit Arschbeleuchtung!" schrie er, und ... wumm! prallte er wieder mit seinem Wagen gegen Markus' Wagen.

„Du unterirdische Scheißanlage!" trumpfte Markus auf. Eine Dame, die an ihnen vorbeiging, machte „Ts, ts, ts" und warf den Kindern einen empörten Blick zu.

Aber da hatte Frau Sailer schon ihren Wagen genommen, Benjamin am Arm gefaßt und sagte: „Jetzt ist aber Schluß!"

BROT
MILCHP
Sonder-
angebot
Dose 1.-

Dann verabschiedeten sich die beiden Frauen schnell voneinander, denn rundherum standen schon Leute und guckten.

Zu Hause sagte die Mutter: „Also, mir ist egal, was ihr miteinander habt. Ich hoffe nur, ihr bringt das alleine wieder in Ordnung.“ Und dann sagte sie, bis Mittwoch könne Markus es sich noch überlegen mit dem Übernachten. „Ansonsten kann Sylvia kommen.“

„Nein!“ brüllte Markus. „Sylvia nicht!“

Sylvia war Mutters Kollegin aus der Klinik und kam gerne, um Markus Gesellschaft zu leisten, wenn seine Mutter mal abends wegging. Und sie hatte die Angewohnheit, Markus Geschichten aus ihrer Kindheit zu erzählen. Wie sie ihren ersten Kaugummi kriegte, wie sie ihren Vater beim Nikolausstrumpf-Füllen erwischte und solche Sachen. Das war noch langweiliger als Zähneputzen. Und viel länger.

„Vielleicht kann ich noch mit Benni reden“, seufzte Markus, „wenn er vernünftig ist, verzeih' ich ihm.“

„Das wäre schön“, sagte die Mutter.

Also gut, dachte Markus, eins zu null für dich. Aber das heißt noch lange nicht, daß ich aufgebe!

Im Gegenteil: Jetzt, wo Benjamin und er wieder Freunde waren, konnten sie gemeinsam erst richtig loslegen. Sie würden schon auf andere Tricks kommen.

Und abends, im Bett, dachte Markus noch: Gleich nächste Woche muß die Bande zusammentreffen. Philipp wird schon was richtiges auf Lager haben.

Und mit diesem Gedanken schlief Markus zufrieden ein.

8. Tausche Läuse gegen Kaugummi

Wie gesagt, Markus hatte kein Matheüben nötig. Nun, das stimmt, so wie es auch stimmt, daß ihm im Schönschreiben ein bißchen Übung durchaus nicht schaden konnte. Dieser Meinung war jedenfalls Herr Siebert, Markus' Deutschlehrer. Er sagte: „Wenn du einmal Liebesbriefe schreibst, Junge, dann wird sie keiner verstehen!"

Die Mädchen in der Klasse kicherten, doch Markus war es egal. Weil er sowieso nicht die Absicht hatte, jemals zu heiraten. Und wer nicht heiraten will, dachte Markus, dem können auch Liebesbriefe gestohlen bleiben.

Rechnen aber war etwas anderes! Allein das Einmaleins lernte Markus blitzschnell – die Neuner-Reihe zum Beispiel konnte er schon aus dem Effeff, als die anderen Kinder sich noch mit der Siebener-Reihe plagten. Kein Wunder, daß ihn Frau Lehmann, die Mathelehrerin, oft lobte.

Den Benjamin dagegen lobte Frau Lehmann nur selten, und das war auch kein Wunder. Denn Benjamin gehörte zu der Sorte Kinder, die sich für den Tag, an dem eine Mathearbeit geschrieben wird, nichts sehnlicher wünschen, als eine Angina zu bekommen. Oder Nasenbluten. Leider bekam Benjamin nie zur richtigen Zeit Angina, sondern immer nur zwischen zwei Mathearbeiten. Und Nasenbluten kriegte er schon gar nicht.

Doch in der dritten Stunde, als Frau Lehmann sagte, sie sollten alles vom Tisch wegräumen und nur die Stifte drauflassen, da stieß Benjamin keinen tiefen Seufzer aus, wie er es sonst immer tat. Er rechnete ganz ruhig alle Aufgaben aus, und als Frau Lehmann sagte, die Zeit wäre um und man sollte nicht die Unterschrift vergessen, da knuffte Benjamin Markus in die Seite, tauschte mit ihm schnell seinen Mathebogen und setzte seine Unterschrift oben auf Markus' Arbeit.

Auch Markus unterschrieb Bennis Arbeitsbogen und tat

Name: *Markus*

Multiplikation – Division	B.1.	1	2	3	**4**	5	6	KL **3**/4

1) 

Verteile die Negerküsse an 5 Kinder.

Jedes Kind bekommt [5] Negerküsse.

2) 24 : 6 = [7]
63 : 9 = [9]
64 : 8 = [~~8~~] 7

3) 27 : 3 = [ ]
15 : 3 = [4]
56 : 7 = [7]

4) 45 : 5 = [9]
63 : 7 = [6]
36 : 4 = [ ]

5) Stelle passende Produkte zusammen.

Versuche, alle Zahlen zu benutzen.

3 · 7 = 21

[3] · [8] = 18

[~~9~~] · [ ] = 30

[2] · [5] = 10

[4] · [6] = 32

sich dabei sehr leid. Da waren Sachen dabei!

5 · 8 + 21 : 3 = 46!

Und: 6 · 9 – 42 : 7 = 44!

Schweren Herzens gab Markus den Bogen ab. Abmachung war Abmachung. Na, hoffentlich wird es bei Mama wirken, dachte er.

Nachmittags konnte die Bande nicht gleich zur weiteren Beratung zusammentreffen, denn im Hort gab es einen Kopflausbefall, und alle Kinder mußten in den Arbeitsraum kommen und sich von zwei Damen vom Gesundheitsamt untersuchen lassen. Die Untersuchung lief so, daß sich jedes Kind auf einen Stuhl setzte, und die Dame vom Gesundheitsamt fummelte an seinem Kopf herum, und das sah genauso aus, wie wenn sich Affen im Zoo nach Flöhen absuchen.

Nachdem die Dame genug am Kopf herumgesucht hatte, sagte sie entweder: „In Ordnung“ oder „Da haben wir's.“ „Da haben wir's“ wurde insgesamt dreimal gesagt.

Unsere Bandenmitglieder waren glücklicherweise läusefrei.

„Schade!“ sagte Philipp zu Markus. „Wenn du Läuse hättest, das wäre was!“

Markus, Julia und Benni blickten ihn erstaunt an. Philipp erklärte: So ein verlaustes Kind wäre auch eine tolle Abschreckung! Kein Mann auf der Welt, sagte Philipp, will eine Frau mit einem Anhang, der Läuse hat!

„Anhang?“ empörte sich Markus. „Ich bin doch kein Anhang!

„Für ihn biste das“, sagte Philipp. Und dann tippte er sich auf die Stirn: „Mann, das ist die Idee!“ rief er, und schon rannte er in den Hof.

„Was?“ fragten Markus, Julia und Benni gleichzeitig und liefen Philipp nach.

„Wir holen uns einfach welche!“ rief Philipp.

Julia riß die Augen auf: „Läuse?“

„Genau“, rief Philipp, „und zwar von Dietmar Blume!“

Markus wollte „Halt!“ rufen und Philipp aufhalten, aber es war zu spät. Philipp war schnell, Philipp war überhaupt zu schnell, fiel Markus ein – bevor er die anderen Bandenmitglieder fragte, war die Sache schon beschlossen! Aber es blieb ihm nichts anderes übrig, als Philipp in den Hof nachzulaufen.

Dietmar Blume saß in der hintersten Hofecke im Sandkasten und ließ die anderen die Läuse in seinen Haaren anschauen. Dietmar Blume war das kleinste Hortkind. Er ging in die erste Klasse. Der Größe nach müßte man eigentlich denken, Dietmar Blume würde am meisten von allen auf dem Pausenhof angerempelt. Oder es würde ihm am häufigsten sein Pausenbrot aus der Tasche geklaut. Wenn dicke Schinkenstücke oder feine Würstchen drin waren.

Aber Dietmar Blume rempelten die Kinder nie an. Denn er konnte furchtbar zwicken und ans Schienbein treten. Und sein Pausenbrot spuckte er vorsichtshalber gleich am Morgen an, so daß keiner es auch nur anzubeißen wagte.

Als Philipp nun zu ihm kam und ihn fragte, ob er ihn mal kurz sprechen könne, sprang Dietmar Blume sofort auf. Für einen Erstkläßler wie ihn war es eine große Ehre, von Philipp angesprochen zu werden.

„Was gibt's?“ fragte er dann, als Philipp ihn zur Seite nahm. Er guckte erwartungsvoll zu Markus, Julia und Benni.

„Wir haben ein Geschäft für dich“, sagte Philipp.

Dietmar Blumes Augen hinter der roten Nickelbrille vergrößerten sich.

„Was für ein Geschäft?“ fragte er.

„Wir kaufen Läuse von dir“, sagte Philipp, „und du kriegst dafür einen Kaugummi mit Pluto-Aufkleber und einen mit Donald Duck.“

Dietmar Blume zögerte noch.

„Wozu braucht ihr denn die Läuse?“ fragte er.

„Zu Forschungszwecken“, erklärte Philipp.

„Ach so“, nickte Dietmar und überlegte weiter.

Markus schwieg. Er stellte sich vor, Dietmar würde sagen: „Läuse sind unverkäuflich!“ Oder: „Wer Läuse verkauft, kriegt Ärger mit dem Gesundheitsamt!“ Oder etwas Ähnliches. Denn ihm gefiel die Idee mit den Läusen nicht besonders. Ehrlich gesagt, sie gefiel ihm fast gar nicht.

Aber Dietmar sagte weder das eine noch das andere. Er wollte mehr für seine Läuse. Statt eines Kaugummis mit Pluto wollte er zwei haben. Und statt eines mit Donald Duck ebenfalls zwei.

„Okay“, nickte Philipp, „aber dafür wirst du schweigen!“

Dietmar Blume sagte, er habe noch nie in seinem Leben ein Geheimnis verraten.

Dann liefen sie alle zu zwei großen Büschen hinter dem Horthaus. Dietmar bückte sich dort nieder, und Philipp suchte Läuse in seinen Haaren. Er fand fünf Stück, und er steckte alle in eine Streichholzschachtel, die Benjamin für diesen Zweck dabei hatte.

Alle schauten sich die Läuse an. Sie sahen wie kleine schwarze Pünktchen aus.

„Ich würde noch drei Ersatzläuse nehmen“, schlug Julia vor, „falls welche weglaufen.“

Markus wollte seinen Ohren nicht trauen: Die feine Julia, die nicht einmal einen toten Mistkäfer anfassen wollte, war plötzlich begeisterte Läusezüchterin! Unglaublich, wie sich die Leute ändern, dachte er.

Aber da war das Geschäft schon abgeschlossen. Dietmar Blume gab noch drei Ersatzläuse an die Bande ab und erhielt dafür zwei Pluto-Kaugummis und zwei mit Donald Duck. Zufrieden lief er davon.

Die Bande begab sich mit der Beute in Richtung Keller. Markus hatte die Streichholzschachtel mit einem Taschentuch umwickelt, damit keine Laus ausbrach. Und dann holte er noch einen Plastikbeutel aus seiner Tasche und stülpte ihn drüber. Und einen Knoten obendrauf machte er auch. Für alle Fälle.

Diesmal war es nicht schwer, in den Keller zu kommen. Frau Becker saß mit den Damen vom Gesundheitsamt im Büro. Sie tranken Kaffee, aßen Kekse und redeten über Krankheiten. Die Bandenmitglieder schlichen sich mühelos an der Bürotür vorbei und huschten die Treppe hinunter.

Da hörten sie plötzlich hinter sich ein Getrampel. Sie drehten sich erschrocken um.

Es war Dietmar Blume.

„Für die drei Läuse“, hauchte er, „will ich noch einen Kaugummi mit Pluto.“

Philipp seufzte, holte aus der Jackentasche einen Pluto-Kaugummi und gab ihn Dietmar. Der packte ihn gleich aus, steckte ihn in den Mund und besah sich das Plutobild.

„Und jetzt verschwinde“, flüsterte Philipp.

Aber Dietmar Blume wollte nicht verschwinden. Er wollte wissen, warum sie alle in den Keller gegangen seien, ob sie eine geheime Bande wären und ob er bei ihnen auch Mitglied werden könne.

„Ausgeschlossen“, sagte Philipp.

Dietmar Blume wollte wissen, warum.

Benni erklärte ihm, daß in die Bande sowieso nur vaterlose Kinder aufgenommen wurden.

„Sie hat aber einen Vater“, sagte Dietmar und zeigte auf Julia. Und dann drehte er sich um und ging mir nichts, dir nichts in den Keller hinein und setzte sich auf eine Holzlatte. Die Bandenmitglieder gingen ihm nach.

Philipp erklärte, Julia sei die Ausnahme. Deswegen sei sie auch nur Ehrenmitglied.

„Dann will ich auch Ehrenmitglied sein“, sagte Dietmar Blume und zog einen dünnen Kaugummifaden aus dem Mund.

„Nein!“ rief Philipp. „Ausgeschlossen!“

„Dann sag ich’s Frau Becker“, verkündete Dietmar Blume.

Damit hatte natürlich niemand gerechnet. Auch Philipp nicht.

Dietmar Blume begann, den baumelnden Faden stückweise zurückzusaugen. Philipp schickte ihn nach draußen, damit die Bande beraten konnte.

Die Beratung war kurz: Alle fanden Dietmar Blume als Mitglied ungeeignet. Weil er Erstkläßler war. Die Einsamen Wölfe hatten ja gefährliche Sachen vor – nichts jedenfalls für kleine Kinder!

„Aber was sollen wir ihm sagen?“ fragte Benni.

„Überlaß es mir“, sagte Julia und machte die Tür auf.

„Na gut“, lächelte sie Dietmar Blume an, „komm rein.“

Dietmar Blume kam herein. Und setzte sich wieder auf seinen alten Platz. Und kaute. Und zog Fäden.

„Also, wenn du unbedingt willst, dann sag ich dir, warum wir uns hier treffen! Zum Lernen nämlich! Jetzt weißt du's!“

Dietmar Blume hörte auf, den Kaugummi zurückzusaugen.

„Zum Lernen?“ fragte er.

„Genau“, nickte Julia, „und du fragst dich sicherlich, warum wir denn heimlich lernen? Wo man doch so gemütlich und schön oben im Arbeitsraum lernen kann! Darauf gibt's nur eine Antwort: Wer zuviel lernt, wird heutzutage für einen Streber gehalten! So ist es! Aber was bleibt uns anderes übrig, wenn wir Musterschüler werden wollen?“

Dietmar Blume saugte ein weiteres Stück Kaugummi zurück und drehte sich zu den anderen um. Als hätte er sagen wollen: „Die hat sie nicht alle.“ Aber er sagte es nicht.

Markus, Philipp und Benni schwiegen auch. Denn sie waren ja genauso überrascht wie Dietmar Blume.

„Jetzt wirst du dich vielleicht fragen“, sprach Julia weiter und ging in großen Schritten um Dietmar Blume herum, „warum wir Musterschüler werden wollen? Solche, die lauter Einser haben? Auch darauf gibt's nur eine Antwort: Nur wer beste Noten hat, kann es im Leben zu etwas bringen! Sagt jedenfalls mein Vater, und der ist Geschäftsführer, der muß es ja wissen!“

Dietmar Blume hatte den Faden schon ganz zurückgesaugt. Er vergaß weiterzukauen.

„Ich dachte, ihr wollt Läuse beobachten“, murmelte er.

„Ach, das tun wir nur so nebenbei“, sagte Julia, „für den Fall, daß wir in Sachkunde Ungeziefer durchnehmen. Da haben wir wenigstens etwas Vorsprung. Meistens aber üben wir Rechnen! Ja, ja“, nickte sie, und ihr Gesicht sah ganz ernst aus, „während ihr anderen da oben ...“, und sie zeigte auf den Hof, „während ihr anderen da oben Fangen spielt oder ‚Ich sehe was, was du nicht siehst‘ – üben wir hier unten das Einmaleins!“

Dietmar Blume stand auf.

„Ich glaub’, ich will doch nicht Mitglied bei euch werden“, sagte er, „aber ich werde es niemandem verraten!“

„Aber warum möchtest du nicht?“ fragte Benni. „Du könntest dabei viel lernen! Zum Beispiel: Kaufmann Mohr will dreißig Brötchen verpacken. In die Tüte kommen fünf Brötchen. Wieviel Tüten kann er füllen?“

„Ich muß jetzt gehen“, sagte Dietmar Blume, „Frau Becker will mir einen Zettel geben, wegen der Entlausung.“

„Warte!“ rief Philipp. „Interessiert dich das nicht, wieviel Tüten der Kaufmann Mohr füllen kann?“

„Vier nämlich“, sagte Benni.

„Sechs“, sagte Markus.

„Tschüs“, sagte Dietmar Blume, und schon war er weg.

Die Bandenmitglieder atmeten auf. Benjamin fand, Julia habe die besten Chancen, Schauspielerin zu werden. Wenn sie so gut spielen würde, meinte Benni, müßte sie in Kürze der größte Star aller Zeiten werden. Auch Philipp lobte sie. Und das hatte was zu bedeuten!

Nur Markus sagte nichts. Er dachte wieder an die Läuse. Sie waren im Beutel, und der Beutel war in seiner Tasche. Was hatten die Damen vom Gesundheitsamt gesagt? Wer Läuse hat, bleibt zwei Woche zu Hause. Und wäscht sich jeden Tag die Haare. Mit Läusegift. Also, das erste ging ja noch. Aber das zweite war furchtbar.

„Und jetzt her mit den Läusen!“ sagte Philipp, als hätte er

Gedanken lesen können. „Pack's aus, wir setzen sie dir an!"
Markus schaute ihn an und dachte: Nun mal langsam, Freundchen! Auf welchem Kopf sollen die Viecher ausgesetzt werden? Auf deinem oder auf meinem? Auf meinem! Dann darf ich wohl auch selbst bestimmen, wann! Und wo! Und ob überhaupt!

Das alles dachte er aber nur. Sagen tat er bloß: „Ich tu's selber! Und erst zu Hause!"
„Gut", nickte Philipp, „aber paß auf, daß sie dir nicht ausbrechen!"
Vor dem Kellerfenster tauchten Dietmar Blumes Beine auf. Dietmar trabte zum Sandkasten und sah ziemlich erleichtert aus.
„Vielleicht hätten wir ihn doch nehmen können", sagte plötzlich Julia, „als Boten oder so was."
„Ein Ehrenmitglied reicht", sagte Philipp.

9. Markus muß beten

Nehmen wir einmal an, jemand würde Markus fragen, ob er ein Feigling sei. Was würde er wohl antworten? Wahrscheinlich würde er sagen, er weiß es nicht. Es ist auch keine einfache Frage.

Wenn es zum Beispiel regnete und sich auf dem Pausenhof große Pfützen bildeten, und wenn dann große Kinder die kleinen Kinder in die Pfützen schubsten, dann machte Markus nie mit. Weil er es feige fand, kleine Kinder in Pfützen zu schubsen.

Und wenn im Winter auf der Straße eine Schneeballschlacht veranstaltet wurde und einige Kinder kleine Steine in die Schneebälle hineindrückten, dann machte Markus ebenfalls nicht mit. Weil er es für feige hielt, mit Steinbällen zu werfen. Wenn Markus aber von der Schule nach Hause ging und vorne an der Kreuzung mehrere Jugendliche warteten und grinsten, dann ging er vorsichtshalber auf die andere Straßenseite. Weil er vor grinsenden Jugendlichen Angst hatte.

Und was die Läuse anging, die er im Beutel nach Hause brachte, da hatte Markus überhaupt keinen Mut. Er setzte sie erst gar nicht auf seinen Kopf. Er steckte den Beutel zu Hause unters Bett, und dann holte er ihn wieder hervor und warf ihn in den Abfalleimer. Dann ging er sogar freiwillig mit dem Müll runter! Und als ihn am nächsten Tag Julia und Benni fragten, ob's schon jucke, sagte er, er spüre nichts.

Benni besichtigte seinen Kopf.

„Ich sehe keine einzige Laus“, sagte er.

Julia konnte auch keine finden.

„Wahrscheinlich hab' ich die falsche Blutgruppe“, sagte Markus, „es ist dasselbe wie mit den Mücken. Manche Menschen stechen sie, manche nicht. Das hat mit der Blutgruppe zu tun.“

Es war eine gute Erklärung, denn weder Benni noch Julia

wußten, was eine Blutgruppe ist. Markus wußte es zwar auch nicht genau (er hatte das Wort bloß mal von seiner Mutter gehört), aber Hauptsache, er brauchte den beiden nicht zu erklären, warum er die Läuse weggeschmissen hatte.

In der Mathestunde teilte Frau Lehmann die korrigierten Mathearbeiten aus. Bei Benjamin blieb sie stehen, sagte: „Nur so weiter!“ und streichelte ihn am Kopf. Wenn Frau Lehmann jemanden am Kopf streichelte, so war das eine große Auszeichnung. Benjamin wurde ganz rot im Gesicht, weil er solche Auszeichnungen nicht gewöhnt war, und weil es in Wirklichkeit gar nicht ihm galt, sondern Markus.

Den streichelte Frau Lehmann nicht am Kopf, denn er bekam einen glatten Fünfer. Dafür konnte es natürlich kein Kopfstreicheln geben. Frau Lehmann fragte ihn, ob er sich gestern etwa nicht wohl gefühlt habe? Markus sagte: „Nein.“ Dann fragte sie noch, ob ihm vielleicht diesmal die Zeit zu knapp war? Auch da sagte Markus: „Nein.“ Worauf Frau Lehmann meinte, auch das beste Pferd könne mal stolpern. Außerdem, sagte sie, lasse die nächste Arbeit nicht lange auf sich warten!

Beim Nachhauseweg war Benni sehr guter Laune und spendierte Markus ein Walnußeis. Dann schlug er vor, in der nächsten Straße einen Klingelstreich zu machen.

(Für die wenigen, die es vielleicht nicht wissen, der Klingelstreich geht so: Man drückt am Klingelbrett alle Knöpfe gleichzeitig, rennt dann schnell davon, und nach einer Weile kann man aus sicherer Entfernung sehen, wie sich Leute aus verschiedenen Fenstern herausbeugen und schimpfen. Was man für einen Klingelstreich unbedingt braucht, sind schnelle Beine. Denn manchmal wird man dabei auch erwischt.)

Markus und Benni machten zwei Klingelstreiche und wurden nicht erwischt. Dann wollte Markus keine mehr machen. So prächtige Laune hatte er nach dem Fünfer einfach nicht.

An der Ecke verabschiedete er sich von Benni und ging nach Hause.

Er stellte sich vor, wie er seiner Mutter den Fünfer zeigen würde. Er hatte sogar eine ziemlich genaue Vorstellung: Er

würde nach Hause kommen und, statt ein lautes „Hallo!" zu rufen, nur ein schwaches „Hallo ..." vor sich hinmurmeln. Und dann würde er sich in seinem Zimmer aufs Bett legen und ganz traurig dreinschauen. Und dann würde er der Mutter den Fünfer zeigen, und Mama würde entsetzt die falschen Rechnungen betrachten, und dann würde sie ihn fragen, was mit ihm los sei. Und er würde seufzen und sagen, er wisse es nicht. Irgendwie könne er sich in der letzten Zeit nicht richtig konzentrieren. Dann müßte Mama alles klar sein!

Doch es kam anders. Als Markus zu Hause die Küchentür aufmachte und die Mutter sah, war er so überrascht, daß er gar nichts sagte.

Die Mutter stand am Bügelbrett, bügelte Markus' Hose und sah ganz anders aus. Ihre langen Haare waren weg! Sie hatte sich eine Kurzfrisur machen lassen. So eine, wie sie auch Frau Stingl aus dem dritten Stock hatte. Markus gefiel es nicht, wenn seine Mutter wie Frau Stingl aussah. Das heißt, sie sah nicht aus wie Frau Stingl, sie sah viel besser aus als Frau Stingl – und gerade das nervte Markus! Für wen hatte sie sich so fein herrichten lassen? Für ihn, für den Matthias, ganz klar!

„Hat er gesagt, du sollst dir die Haare schneiden lassen?" fragte er, und er blieb an der Tür stehen.

„Wer? Matthias?" Die Mutter sah überrascht aus. „Aber nein, wie kommst du denn darauf?" sagte sie.

„Nur so", erwiderte Markus, drehte sich wieder um und ging ins Kinderzimmer. „Steht dir nämlich gar nicht, find' ich", rief er noch.

Das war natürlich gelogen, aber etwas anderes zu sagen, war Markus einfach unmöglich.

In der Wohnung duftete es nach gefüllten Paprikaschoten. Gefüllte Paprikaschoten mit Tomatensoße waren Markus' Leibgericht. Außer Spaghetti. Normalerweise wäre Markus in die Küche gerannt, hätte einen Finger in die Tomatensoße eingetunkt und ihn abgeschleckt. Und dann die Zuckerdose aus dem Schrank geholt und die Soße nachgezuckert. Denn Tomatensoße schmeckte nur, wenn sie süß genug war.

Doch jetzt legte er sich stattdessen schnurstracks aufs Bett und dachte: Die Soße kann man immer noch nachzuckern. Jetzt ist der Fünfer wichtiger.

Die Mutter kam gleich hinterher, räumte die gebügelte Hose in Markus' Schrank, und dann setzte sie sich zu ihm.

„Was ist los?" fragte sie.

Markus holte wortlos die Mathearbeit aus der Tasche und legte sie der Mutter zum Unterschreiben vor. Dabei seufzte er zweimal. Ganz tief.

„Hoppla, ein Fünfer!" sagte die Mutter. „Wie kommt das?"

„Weiß ich nicht", seufzte Markus noch tiefer und setzte eine düstere Miene auf.

Die Mutter schaute sich die Arbeit noch mal an.

„Ich glaube", sagte sie, „du hast das Einmaleins einfach zu schnell gelernt. Zu schnell gelernt und nicht wiederholt!"

„Nein!" sagte Markus. „Das ist es nicht!"

„O doch", meinte die Mutter. „Am Wochenende werde ich dich abfragen. Du wirst sehen, wie schnell du's wieder drauf hast!"

Und als Markus immer noch finster dreinschaute, fuhr sie ihm übers Haar und sagte: „Jetzt hör aber auf! Eine Schwalbe macht noch keinen Sommer!"

Sie borgte sich Markus' Füller und unterschrieb. Dann stand sie auf und ging in die Küche, um die Tomatensoße einzudicken.

Markus war sehr enttäuscht. Da bekommt ein armes Kind einen Fünfer, dachte er, liegt verzweifelt im Bett, macht sich die ärgsten Sorgen, ob es vielleicht am Ende nicht durchfallen und die dritte Klasse wiederholen muß – und die Mutter weiß nichts Besseres zu sagen als: „Eine Schwalbe macht noch keinen Sommer!" Markus' Enttäuschung war so groß, daß er dabei völlig vergaß, daß er eigentlich gar kein armes, verzweifeltes Kind war und daß nicht er, sondern Benjamin den Fünfer geschrieben hatte!

Später aßen sie (die Soße nachzuzuckern, hatte Markus völlig vergessen), und nach dem Essen sagte die Mutter:

„Wollen wir Dame spielen?"

„Ja, gern", sagte Markus und dachte: Also macht sie sich doch Sorgen! Jetzt sagt sie gleich: Weißt du was? Ich hab's mir überlegt mit dem Kino. Ich gehe morgen doch nicht. Sie spielten drei Runden, und Markus gewann zwei zu eins.

Und dann sagte die Mutter: „Vergiß bitte nicht, deine Schlafsachen morgen mitzunehmen. Und die Zahnbürste. Du schläfst ja bei Benni."

„Morgen schon?" fragte Markus. „Ich dachte, erst am Donnerstag!"

„Nein, morgen", sagte die Mutter. „Ich gehe doch morgen mit Matthias ins Kino. Und du bist mit Benni verabredet. Oder nicht?"

„Doch", nickte Markus und ging in sein Zimmer. Unterwegs holte er sich noch in der Küche zwei Karamellen, zur Beruhigung. Doch er war so wütend, daß er die Karamellen nicht mal richtig lutschen konnte, sondern er zerbiß sie, bis es laut knackte. Na, wunderbar, dachte er dabei, da hat der Fünfer wirklich geholfen!

Später, im Bett, dachte Markus an Gott. Das tat er oft: Wenn er das Licht ausknipste, im Bett lag und auf den Schlaf wartete, bekam er manchmal Gottgedanken. Und er betete auch. Im Religionsunterricht hatte Frau Schweinfurth den Kindern ein Gebet beigebracht. Es ging so:

Alle Lichter gehen aus.
Dunkel ist das ganze Haus.
Ich sehe Schatten an der Wand.
Dunkel ist das ganze Land.

Meine Eltern sind nicht fern.
Sie sind bei mir, ich hab' sie gern.
Ich höre sie vor meiner Tür.
Gott, ich danke Dir dafür.
Amen.

So, wie es war, konnte Markus das Gedicht natürlich nicht verwenden. Aber es ließ sich unschwer ändern: Statt „meine Eltern" hieß es einfach „meine Mutter" und statt „sie sind bei mir" nur „sie ist bei mir". Der Rest konnte bleiben. Markus überlegte, ob er Gott um Hilfe bitten sollte. Das tat er nämlich manchmal. Einmal, als er seine neue Stoppuhr in der Schule vergessen hatte, da bat er Gott um Hilfe. Denn die Stoppuhr hatte Markus von seinem Vater.

Es war eine sehr gute Stoppuhr, mit achtstelliger Anzeige. So eine hatte niemand in der Klasse. Damals hatte der liebe Gott Markus geholfen – am nächsten Tag fand Markus die Stoppuhr in der Turnhalle unter der Bank wieder. Das andere Mal, daß Markus sich an Gott wandte, war, als seine Eltern noch zusammenlebten.

Nachts war das, Markus schlief schon, und plötzlich weckten ihn laute Stimmen. Da stritten sich die Eltern nebenan ganz arg, und Markus hörte zum erstenmal das Wort „Scheidung". Papa schrie ganz laut, er habe die Nase voll, und Mama sagte, je schneller sie Schluß machen würden, desto besser. Und dann war Papa weg, und er hatte die Tür zugeknallt. Und Mama blieb im Schlafzimmer und fluchte.

In der Nacht hatte Markus Gott um Hilfe gebeten. Er bat ihn, die Eltern sich wieder versöhnen zu lassen. Damit sie die Scheidung nicht einreichten.

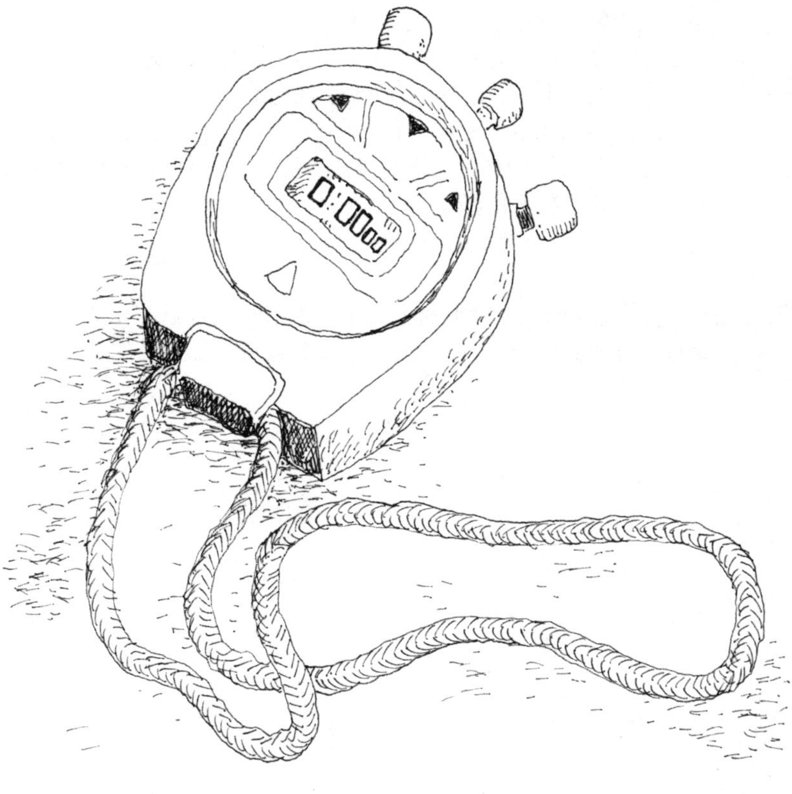

Doch diesen Wunsch hatte ihm der liebe Gott leider nicht erfüllt. Markus war ihm deswegen nicht böse. Denn er sah ein, daß das eine viel schwierigere Aufgabe war als die mit der Stoppuhr. Jetzt aber war es etwas anderes – jetzt würde er ja den lieben Gott um genau das Gegenteil von damals bitten!

Also probierte es Markus mit dem Gedicht noch mal, und zwar so:

Alle Lichter gehen aus.
Dunkel ist das ganze Haus.
Ich sehe Schatten an der Wand.
Dunkel ist das ganze Land.

Meine Mutter ist nicht fern,
sie ist bei mir, aber ich hab' es nicht gern,
wenn sie mit dem Mann telefoniert.
Und schon gar nicht, wenn sie mit ihm ins Kino geht.
Lieber Gott, bitte mach, daß sie sich nie mehr treffen.
Ich danke Dir dafür.
Amen.

Es reimte sich zwar nicht besonders, doch Markus hoffte, der liebe Gott würde es ihm durchgehen lassen.

10. Mit Benni stimmt was nicht

Wenn Markus bei Benjamin übernachtete, nahm er außer Zahnbürste und Schlafanzug noch drei Dinge mit: seinen alten Plüschhund, seine Taucherbrille und seine Badehose.

Den Plüschhund brauchte er zum Einschlafen. Die Taucherbrille zum Baden. Und die Badehose ebenfalls zum Baden, denn Benjamin hatte immer eine Badehose an, wenn sie gemeinsam in die Badewanne stiegen.

Das alles packte Markus also in seinen Ranzen und nahm es am Morgen mit in die Schule. Die Mutter gab ihm einen dicken Kuß und wünschte viel Spaß bei Benjamin. Da gehörte es sich vielleicht, daß auch Markus der Mutter „Viel Spaß" wünschte. Aber er dachte nicht daran. Nicht die Bohne.

Nach dem Hort ging er mit Benni nach Hause. Normalerweise empfing sie Frau Sailer gleich an der Tür. Mit einem Zigarillo im Mund. Und in einer engen schwarzen Hose und einem großen Männerhemd. Frau Sailer liebte Männerhemden.

„Sie fühlt sich darin stark", erklärte Benni einmal, und Markus wunderte sich, daß ein Männerhemd jemanden stark machen kann.

Diesmal aber kam ihnen Frau Sailer nicht entgegen. Sie lag nämlich im Wohnzimmer auf dem Boden, hatte geschlossene Augen und machte Entspannungsübungen.

„Komm", flüsterte Benni, „da dürfen wir jetzt nicht stören! Sonst ist die ganze Konzentration im Eimer! Und dann gibt's Mord und Totschlag!"

Also verschwanden die beiden im Kinderzimmer und beschlossen, eine Raumstation aus Legosteinen zu bauen.

Markus hätte zu gern gesehen, wie Frau Sailer Entspannungsübungen machte. Er hatte noch nie jemanden gesehen, der Entspannungsübungen machte. Deswegen sagte er, er müsse aufs Klo. Das Klo war direkt neben dem Wohnzimmer, und man konnte beim Vorbeigehen durch den Türspalt reinschauen. Was Markus sah, war wenig interessant: Frau Sailer lag immer noch am Boden und regte sich kein bißchen.

„Genauso ist es richtig“, erklärte Benjamin, als er es ihm erzählte. „Sie liegt da und stellt sich vor, daß ihre Arme schwer sind wie Steine. Und dann stellt sie sich vor, daß auch ihre Beine schwer sind wie Steine und daß ihr Kopf schwer ist wie ein Stein. Und wenn sie all das hat, dann stellt sie sich vor, es gibt auch keinen Herrn Hagelroth, der sie schikaniert! Das ist ihr Chef, weißt du?“

„Und das geht?“ wunderte sich Markus.

„Klar“, sagte Benni, „wenn sie ganz fest daran glaubt!“

Markus nahm sich vor, Entspannungsübungen unbedingt mal auszuprobieren.

Jetzt aber bauten sie zuerst die Raumstation, und als sie fertig war, bauten sie die Station zum U-Boot um. Und mit dem U-Boot gingen sie gemeinsam Baden. In der Badewanne übten sie Tauchen. Mit Taucherbrille. Markus schaffte 33 Sekunden und Benjamin 38. Doch weil er schon nach 35 Sekunden kleine Luftblasen ließ, wurden ihm nur 37 anerkannt. Nach einer Stunde Tauchen hatten sie beide ganz verschrumpelte Finger, und einen Riesenhunger hatten sie auch.

Frau Sailer war inzwischen mit den Entspannungsübungen fertig und rief zum Abendessen. Sie hatte sich so gut entspannt, daß sie die Überschwemmung, die Markus und Benni im Bad angerichtet hatten, kein bißchen aufregte. Sie saß in der Küche am Tisch und paffte ein Zigarillo.

Markus fand Frau Sailer sympathisch. Nicht, weil sie Zigarillos rauchte und Männerhemden trug, sondern deshalb, weil sie viel großzügiger war als seine Mutter. Sie kam zum Beispiel nie in Bennis Zimmer, um zu sagen: „Also, hier sieht's wieder wie bei Hempels unterm Sofa aus! Bis zum Abend machst du's bitte wenigstens passierbar.“ Benjamin durfte viel unordentlicher sein als Markus!

Und als Taschengeld bekam Benni zwei Mark fünfzig pro Woche. Und er durfte auch viel mehr Schokolade essen, und Bonbons und Fleisch gab es bei Sailers nicht nur dreimal pro Woche wie bei Markus zu Hause, sondern mindestens fünfmal! Und das ohne Gemüsebeilage!

Von so viel Freizügigkeit war Markus tief beeindruckt. Auch heute konnte er Sachen essen, die es zu Hause nicht gab: Fischstäbchen mit Kartoffelchips und als Nachtisch Negerküsse. Gerade als Markus sich den zweiten Negerkuß holte und die Spitze abbiß, sagte Frau Sailer:

„Übrigens, hat dir Benjamin schon erzählt, was für eine Abmachung wir getroffen haben?"

Markus schüttelte den Kopf und aß weiter.

„Er hat doch gestern einen Einser in Mathe bekommen", fuhr Frau Sailer fort.

Markus vergaß, den Negerkuß weiterzuessen. Benjamin holte sich den dritten und war damit beschäftig, mit der Zunge ein Loch hineinzubohren.

„Immer hab' ich gedacht", sagte Frau Sailer, „daß Benjamin die Matheschwäche von mir geerbt hat! Jetzt stelle ich fest, daß es falsch war! Der Einser ist ein Präzedenzfall."

Markus wußte nicht, was „Präzedenz" ist.

„Das heißt", erklärte Frau Sailer, „wenn ein Kind lauter Vierer in Mathe schreibt und dann plötzlich einen Einser, so ist es lediglich eine Frage der Motivation!"

Markus wußte nicht, was „Motivation" ist.

„Motivation heißt", sagte Frau Sailer, „daß ich Benjamin ein Rennrad versprochen habe! Wenn er sich wirklich in Mathe bessert! Ein Rennrad mit vier Gängen!"

„Mit fünf", sagte Benjamin.

„Oder mit fünf, darauf kommt's mir nicht mehr an", sagte Frau Sailer, „und was ich versprochen habe, das halte ich! Und du bist Zeuge, Markus!" Dann hob sie das Bierglas, und alle stießen auf das Rennrad an.

Daß Markus sich dabei nicht besonders wohl fühlte, braucht man nicht zu erklären.

Später, als sie beide schon im Bett lagen, fragte er Benjamin: „Du denkst doch wohl nicht, daß es ewig so weitergeht?"

„Was?" fragte Benni. „Der Schwindel mit den Mathebögen? "

„Genau", sagte Markus, „lange mach' ich das jedenfalls nicht!"

„Verstehe", nickte Benni, „bloß, bis es bei deiner Mutter wirkt, nicht? Und das kann dauern!"

Markus dachte nach. Benni hatte recht. Es war überhaupt nicht sicher, ob es je wirken würde!

Es war bereits neun Uhr, Frau Sailer klopfte an die Tür, empfahl, das Licht auszumachen und wünschte eine gute Nacht. Dann lagen sie beide im Dunkeln nebeneinander und hörten, wie auf der Straße draußen Wagen vorbeifuhren. Jedesmal, wenn ein Wagen vorbeifuhr, wanderte im Zimmer ein Lichtstrahl vom Fenster über die Decke bis zur Tür.

„Vielleicht ist er nett", sagte Benni plötzlich.

„Wer?"

„Na, der Neue!"

Markus richtete sich auf: „Wir kommen doch zu Hause auch ohne Mann klar!"

„Sicher", sagte Benni, streckte beide Beine hoch und stützte sie an die Wand. So nackt und im Pyjama sahen seine Beine noch nudeliger aus.

Die hatte Benni von seinem Vater, erzählte er einmal Markus. Markus kannte Herrn Sailer überhaupt nicht. Er wußte nur, daß Frau Sailer ihn verlassen hatte. Weil er ihr alle Freiheiten, die eine emanzipierte Frau braucht, wegnahm und weil sie, Frau Sailer, keine „Geisha" war.

Markus wußte weder was „emanzipiert" noch was „Geisha" hieß.

„Geisha ist 'ne Karre auf zwei Rädern", meinte Benni, „in

der lassen sich reiche Leute von armen Leuten herumkutschieren. In Indien oder woanders!“

„Geisha ist ’ne türkische Torte“, behauptete Julia. Ob so oder so – der Herr Sailer mußte schon ein recht merkwürdiger Mensch gewesen sein, dachte Markus, falls er Frau Sailer für eine Karre oder gar eine türkische Torte hielt. Da war es wirklich besser, dachte Markus, daß er weg war.

„Meine Mutter hatte mal einen Freund“, begann Benjamin dann, „der war ganz nett. Hatte ’n Motorrad, ich durfte ein paarmal mitfahren, aber nach den Osterferien war’s wieder aus.“

Markus staunte: „Du möchtest also einen Vater haben!“

„Nein“, erwiderte Benni, „nur wegen dem Zelten.“

„Wegen was?“

„Früher haben wir gezeltet, weißt du?“ sagte Benjamin. „Als meine Eltern noch zusammen waren. In Italien und in Bayern ... aber seitdem sie geschieden sind, bleibt das Zelt im Keller! Dabei haben wir nach der Scheidung alles behalten! Schlafsäcke, Taschenlampen, Jagdmesser ...“

„Na und?“ Markus verstand nicht.

„Ja ... immer, wenn ich mal zelten will, findet meine Mutter ’ne Ausrede! Ich glaube, die würde es erst wieder machen, wenn wir jemanden finden. Zu dritt, verstehst du?“

Darüber mußte Markus erstmal nachdenken. Er schaute auf die Decke. Irgendwas stimmte nicht mit Benni. Einerseits wollte er neue Tricks für Markus erfinden, andererseits erzählte er Sachen wie das jetzt!

„Wollen wir die Entspannungsübung machen?“ fragte Benjamin in die Stille.

„Okay“, sagte Markus.

Sie legten sich lang hin, schlossen die Augen und stellten sich vor, daß ihre Arme schwer wie Steine waren.

Benjamin kam eine andere Vorstellung dazwischen: Er stellte sich vor, daß er schon das Rennrad hatte. Mit fünf Gängen.

Er flitzte damit am Eiskiosk vorbei, und alle Kinder blieben mit offenen Mündern stehen. Auch Julia. Sie hatte ihr hellblaues Kleid an und ein weißes Haarband und winkte ihm. Das gefiel Benjamin sehr.

Markus dagegen führte die Entspannungsübung ohne Nebengedanken durch. Er stellte sich vor, sein rechter Arm sei schwer wie ein Stein. Aber der Arm wollte nicht schwer werden. Er lag leicht auf dem Bettlaken. Markus konnte ihn gleich wieder hochheben.

Also stellte er sich vor, der Arm wäre schwer wie ein Betonklotz. Auch das gelang nicht.

Erst als Markus sich vorstellte, sein Arm wäre ein Lehmklumpen, begann der Arm, schwerer zu werden. Auf einmal spürte Markus, daß der Arm viel schwerer wurde. So schwer, daß Markus ihn nicht mehr heben konnte. Er war schwer wie tausend Steine und begann, sich in das Bettlaken zu bohren.

Markus versuchte, den Arm zurückzuholen, aber es ging nicht mehr. Der Arm zog ihn nach unten, jetzt zerriß er sogar das Bettlaken, sank weiter ein, durchbrach die Matratze und riß auch Markus mit!

Mit großem Krach fiel Markus durch das Bett auf den Boden. Aber auch dort hörte der Arm nicht auf, ihn nach unten zu reißen. Der Fußboden unter Markus krachte.

Aber da befand sich Markus schon im Traum.

11. Markus kriegt kein Würstchen

Der Sturz in die untere Etage tat Markus überhaupt nicht weh. Er landete ja auch auf einem weichen Teppich. Er war im Wohnzimmer, und es war das Wohnzimmer von Frau Krönig. Frau Krönig lag gerade auf dem Sofa.

„Teufel nochmal!" fluchte sie und sprang auf. „Man kann sich nicht mal in Ruhe eine Honigmaske machen!"

Erst jetzt sah Markus Frau Krönigs Gesicht: Es war ganz mit einem Brei bedeckt, nur die Augen und der Mund blieben frei. Frau Krönig sah aus wie ein Schneemann, der zu schmelzen beginnt.

Sieh mal an, dachte Markus, Frau Krönig ist umgezogen! Jetzt wohnt sie in demselben Haus wie Benni! Gut, gut, dann kann ich endlich nach Lust und Laune in der Badewanne brüllen!

„Entschuldigung", sagte er artig und schüttelte sich den Putz und Staub vom Leibe, „das war gar nicht meine Absicht! Ich habe bloß zu doll Entspannungsübungen gemacht!"

„Das kann jeder sagen!" ärgerte sich Frau Krönig weiter. „Mir reicht's jedenfalls! Gleich morgen werde ich mich beim Gesundheitsamt beschweren!"

„Beim Gesundheitsamt?" wunderte sich Markus. „Das Gesundheitsamt ist doch nur für Läuse zuständig! Falls Sie Läuse haben –"

„Was soll ich haben?" schrie Frau Krönig. „Läuse? So eine Frechheit! Na warte, der Neue wird's dir schon zeigen!"

„Der Neue?" fragte Markus. „Welcher Neue?"

„Schau doch aus dem Fenster!" sagte Frau Krönig.

Markus trat ans Fenster und schaute auf die Straße. Vor dem Haus stand ein großer Umzugswagen. Neben dem Umzugswagen stand Matthias. Und aus dem Fenster eine Etage tiefer hing ein Seil, und am Ende des Seils war ein großer Koffer festgebunden, der langsam hochgezogen wurde.

„Na, was guckst du so?“ rief Matthias zu ihm hinauf. „Hilf uns doch!“

Markus erschrak: Frau Krönig war gar nicht umgezogen! Es war ja sein Haus! Und Matthias war gerade dabei, bei ihnen einzuziehen! Ein Betrug – während er bei Benni schlief, zog der Mann bei ihnen ein! Wie gut, dachte Markus weiter, daß ich rechtzeitig bei Frau Krönig eingestürzt bin! Jetzt kann ich noch etwas unternehmen! Ich brauche nur zwei Bettlaken!

Und er stürzte ins Schlafzimmer. Da standen zwei Betten. Er riß die Bettlaken herunter, band sie zusammen und lief damit zurück zum Wohnzimmerfenster.

„Halt!“ rief Frau Krönig. „Das sind Bettlaken aus meiner Aussteuer!“

„Kriegen Sie wieder zurück, und zwar gewaschen und gebügelt!“ versprach Markus.

„Ich muß jetzt nach unten!“ Er befestigte das eine Bettlakenende am Fenstergriff, das andere warf er aus dem Fenster hinaus, und schon fing er an, sich nach unten abzuseilen. Stück für Stück ließ er sich an der Hauswand hinunter.

Ein Glück, dachte er wieder, daß ich im Seilklettern gut bin! Aber gerade, als er das dachte, spürte er plötzlich, wie das Bettlaken ruckte. Er schaute hinauf. Frau Krönig beugte sich aus dem Fenster und begann, den Knoten am Fenstergriff zu lösen.

„Nein!“ rief Markus. „Nicht losmachen!“

Zu spät. Frau Krönig machte den Knoten auf, und Markus flog nach unten.

Zum Glück konnte er sich gerade noch am unteren Fenster halten. Das Fenster war offen. Also sprang Markus in die Wohnung hinein. Er war zu Hause.

Aber wie sah es hier aus! Überall fremde Möbel! Und Koffer! Markus lief in sein Zimmer, und als er die Tür aufmachte, blieb er entsetzt stehen: Es war leer. Nur sein alter Plüschhund lag auf dem Boden.

„Wo ist mein Bett?“ brüllte er. „Was habt ihr mit meinem Bett gemacht?“

„Auf dem Balkon“, sagte eine Stimme hinter ihm. Es war Matthias. Er stand in der Tür und lächelte. „Das wird dir guttun“, sagte er. „Schlafen in frischer Luft ist gut für's Gehirn! Besonders, wenn man Schwierigkeiten in Mathematik hat!“

„Ich habe keine Schwierigkeiten in Mathematik!“ sagte Markus, aber da rief schon die Mutter aus der Küche:

„Hände waschen, Abendessen!“

Markus ging sich Hände waschen und war sehr aufgeregt. Im Bad fand er auf dem Regal einen neuen grünen Becher und in dem Becher eine riesengroße grüne Zahnbürste. Er schmiß beides in den Mülleimer. Und er nahm sich vor, der Mutter die Meinung zu sagen.

Er betrat die Küche. Matthias und Mama saßen schon am Tisch. Mama hatte ein neues lila Kleid an, und als Markus ihr Gesicht sah, konnte er kaum glauben, daß es seine Mutter war: Sie hatte knallrote Wangen wie Frau Stingl aus dem dritten Stock. Und rote Lippen und lila Schatten an den Augenlidern wie Frau Stingl hatte sie auch. Sie sah unmöglich aus.

Markus schaute lieber weg. Auf den Tisch.

Auf dem Tisch standen drei Teller. Auf zwei Tellern lagen Würstchen. Auf einem gekochte Mohrrüben.

„Guten Appetit“, sagten Mama und Matthias, und beide machten sich über die Würstchen her. Markus setzte sich.

„Ich will auch ein Würstchen“, knurrte er und schob den Möhrenteller weg, „und zwar sofort!“

„Aber, Markus“, sagte die Mutter und biß mit den knallroten Lippen ein Stück Würstchen ab, „du weißt doch, daß es für Kinder ungesund ist!“

„Gut, dann eß ich gar nichts!“ sagte Markus. „Und wenn ich verhungere, dann macht es mir auch nichts aus!“ Und er stand auf und verließ die Küche.

Er ging auf den Balkon. Dort war ja sein Bett. Markus stieg

hinein und wollte sich in die Decke einkuscheln. Vielleicht, dachte er, ist das alles nur ein Traum. Wenn ich jetzt einschlafe und dann aufwache, ist alles vorbei.

Doch die Decke war zu klein zum Einkuscheln. Außerdem war es gar nicht seine Decke – das da war eine Babydecke, mit lauter Häschen und Gockelhähnchen drauf, solche, wie Tommi und Lisa sie hatten.

Markus versuchte es nochmal mit dem Einkuscheln. Aber es ging nicht: Zog er die Decke hoch zum Gesicht, ragten ihm unten die Füße heraus. Zog er sie über die Füße, blieb sein ganzer Oberkörper unbedeckt!

Er drehte sich auf die andere Seite, und da sah er, daß aus allen Fenstern im gegenüberliegenden Haus Menschen zu ihm herüberschauten.

„Armes Kind!" rief eine alte Frau. „Wie wird er bloß über den Winter kommen?"

„Eskimos schlafen auch im Schnee", sagte ein Mann. „Sie bauen sich dazu eine Hütte, die nennt man Iglu!"

„Kannst du denn ein Iglu bauen, armes Kind?" fragte die alte Frau.

„Nein!" erschrak Markus. „Ist es schwer?"

Aber bevor er eine Antwort bekam, blickte er auf die Straße hinunter. Dort fuhren Wagen und gingen Menschen. Auf einmal erkannte er unter ihnen Philipp.

„Philipp!" rief er erfreut. „Weißt du, wie man ein Iglu baut?"

„Warum sollte ich es wissen?" spottete Philipp. „Ich habe mich nicht auf den Balkon abschieben lassen!"

Markus war verblüfft – Philipp hatte recht! Sowas würde er sich doch nicht gefallen lassen!

Er riß die kleine Decke mit den Häschen und Gockelhähnen an sich und raste in die Küche.

„Ich will augenblicklich zurück in mein Zimmer!" verkündete er und schleuderte die Babydecke auf den Boden. „Und meine alte Decke will ich auch! Und ein Würstchen!“

„Was willst du?“

„Das Bett, die Decke und ein Würstchen!“ wiederholte Markus seine Forderung.

„Was für ein Würstchen?“ fragte jemand, und es war weder die Mutter noch Matthias.

„Mit Zigeunersoße“, sagte Markus schon etwas verwirrt.

„Bist du plemplem oder was?“ antwortete jemand, und als Markus die Augen aufmachte, war es Benjamin. Er saß im Bett und starrte Markus entgeistert an.

„Spinnst du? Wir haben doch schon gegessen!“

Markus atmete auf. Also doch, es war ein Traum! Fast hätte er Benjamin umarmt, so erleichtert war er.

„Gute Nacht“, flüsterte er.

„Blödmann“, sagte Benjamin und sank ins Bett, „mach das nicht nochmal, ja? Sonst kriegst du ’ne Backpfeife!“

„In Ordnung ...“, murmelte Markus.

„Sowas Bescheuertes“, schimpfte Benni, „Würstchen, mitten in der Nacht! Bei dir tickt’s wohl nicht richtig!“

Markus hörte Benjamin fluchen und war glücklich.

So gut hatte ihm schimpfen noch nie getan.

12. Eingesperrt

Daß manche Tage ausgesprochen gut sind und manche schlecht, wußte Markus schon lange. Meistens merkte man ja gleich am Morgen, wie der Tag sein würde.

Wenn Markus zum Beispiel am Morgen aufwachte und sich vorstellte, daß Herr Siebert heute die Diktatnoten vorlesen würde, und wenn er dann noch auf dem Weg in die Schule feststellte, daß er das Turnzeug vergessen hatte, so wußte er, daß der Tag nur noch schlecht werden konnte.

Meistens war es dann auch so: Herr Siebert las die Diktatnoten vor, und Markus hatte eine Vier in Schrift bekommen, obwohl er sich diesmal besondere Mühe gegeben hatte, einen größeren Abstand zwischen den Buchstaben zu lassen; im Turnen schaffte er dann natürlich keine richtige Rolle rückwärts, und beim dritten Versuch stieß er sich sogar den Kopf. Und nachmittags im Hort, als Markus dringend mal aufs Klo mußte, da war ihm dann der blöde Lars absichtlich vorausgelaufen und hatte die Klotür so lange zugehalten, daß Markus sich fast in die Hose gemacht hätte. Und abends, als Markus den Fernseher anknipsen wollte, weil ein toller Gangsterfilm lief, da sagte seine Mutter, es interessiere sie nicht die Bohne, was andere Kinder dürften, sie sei nicht deren Mutter und daher auch nicht für sie verantwortlich. So war der Tag endgültig im Eimer. Wenn dagegen Markus am Morgen in die Schule kam – wie an diesem Donnerstag – und Herr Siebert die Sachkundearbeiten mitbrachte und sagte, Markus habe als einziger richtig erklären können, was ein Blitz ist, und seine Arbeit sei überhaupt fast die beste, so war das ein gutes Zeichen. Und tatsächlich: Der Tag verlief glänzend. Markus gelang einfach alles.

Im Turnen holte er beim Brennballspiel die meisten Punkte für seine Mannschaft. Auf dem Pausenhof, als er sich mit dem starken Heiko raufte, standen die anderen im Kreis um sie herum und riefen: „Heiko weg, hat keinen Zweck!“, und Markus besiegte den Heiko tatsächlich.

Und in der Religionsstunde bekam Markus plötzlich Post.

Eine kleine Papierkugel kam von hinten angeflogen, und als Markus sie auspackte, stand auf dem Zettel:

Markus drehte sich um. Drei Mädchen in den hinteren Reihen kicherten: Cornelia Michalski, Laura Krüger – und Julia. Aber welche von ihnen es geschrieben hatte, war schwer zu erraten.

Benni, der später im Hort die Schrift studierte, meinte, Julias Schrift könne es keineswegs sein. Weil Julia viel, viel schöner schreibe. Und gleichmäßiger.

Aber Markus dachte sich dazu seinen Teil, nämlich: Das sagst du, mein Lieber, weil du eifersüchtig bist!

Der Tag war einfach gelungen.

Und die Mutter setzte dann zu Hause noch eins drauf.

Sie brachte Markus neue Jeans mit. Markus probierte die Hose an und fand sich darin nicht übel. Also, ganz wie Philipp sah er natürlich nicht aus, aber immerhin – jetzt hatte er wenigstens die Größe Hundertvierunddreißig! Die Mutter meinte auch, die Jeanshose stehe ihm gut.

„Kannst du gleich am Sonntag anziehen", sagte sie, „wenn wir die Wanderung machen."

Und genau das war der Punkt, an dem der gute Tag einen Riß bekam. Denn die Wanderung, erklärte die Mutter, würden sie zu dritt machen. Mit Matthias.

„Hat er denn nichts anderes zu tun, der Herr Mampe?" fragte Markus.

„Kampe heißt er", sagte die Mutter ruhig.

„Kann ich mir nicht merken", erwiderte Markus. Das war natürlich gelogen. Mama hatte es ihm ja schon gesagt. Aber Markus hatte keine Lust, sich den Namen zu merken. Außerdem fand er den Namen blöd. Herr Matschepampe!

Er blickte zur Mama hinüber. Sie saß auf der Couch, las die Zeitung und sah nicht aus, als würde sie sich ärgern. Die Freude über die neue Hose war plötzlich weg. Markus zog sie aus und schlüpfte in die alte. Aus der Hosentasche holte er ein Stück Blechröhrchen, das er heute auf dem Heimweg auf der Straße gefunden hatte. Er blies in das Röhrchen. Es pfiff.

Er blies noch kräftiger hinein, und heraus kam ein kreischender Ton.

Die Mutter ließ die Zeitung sinken.

„Markus“, sagte sie, „muß das sein?“

Markus pfiff noch einmal. Ziemlich stark und quietschend.

„Schade“, sagte die Mutter, „ich habe mich auf das Wochenende gefreut. Und einen Birnenkuchen wollte ich auch backen.“

Markus tat, als habe er nicht gehört und pfiff weiter. Erst als die Mutter aufstand und zu ihm kam, seine Hand nahm und fragte, ob er nun wirklich schon jetzt die Stimmung kaputtmachen müsse und ihm dabei in die Augen schaute, gab Markus auf.

„Na gut“, sagte er, „aber nur, weil du mich bittest!“ Und dann marschierte er, in das Röhrchen blasend und gräßliche Töne erzeugend, in sein Zimmer. Ein so guter Tag, dachte er, und so muß er enden!

Aber dann beschloß er, sich den Tag durch den blöden Herrn Matschepampe nicht verderben zu lassen. Er holte die kleine Papierkugel aus seinem Schulranzen.

Es war tatsächlich nicht klar, ob es Julias Schrift war. Um sicher zu sein, brauchte man eine Schriftprobe von Julia. Oder ihr Diktatheft. Genau, das könnte der Beweis sein!

Eine gute Gelegenheit dafür bot sich am nächsten Tag im Hort. Dort passierte nämlich ein Unfall. Der Bastian aus der 3b war beim Fangenspielen mit Philipp zusammengeprallt, auf den Boden geflogen und hatte sich die Augenbraue aufgeschlagen. Es blutete ganz arg, Bastian brüllte wie am Spieß, und alle Kinder liefen zusammen, um sich Bastians Wunde anzuschauen. Auch Julia.

„Jetzt“, flüsterte Benni und knuffte Markus in die Seite.

Sie sausten in den Arbeitsraum, wo Julias Tasche lag. Markus wühlte hastig darin herum und fand das Diktatheft. Sie schlugen es auf. Markus holte die Papierkugel aus seiner

Hosentasche. Und dann verglichen sie das

Ich liebe dich

mit Julias Schrift. Sie nahmen dazu gleich die Diktatüberschrift. Sie hieß:

Der böse Blinddarm

Sie verglichen das „i“ und das „d“ und das „e“.

„Guck dir doch das De an“, sagte Benni, „so’n fettes dickes De schreibt Julia nie im Leben! Und so’n krakeliges E auch nicht. Ich glaube, es war die Michalski.“

Sie wollten auch das Diktatheft von Cornelia Michalski holen, aber da hörten sie schon den heulenden Bastian und die anderen kommen und steckten das Heft schnell zurück in die Tasche.

Auch Philipp war gekommen. Er blieb aber in der Tür stehen und schnippte mit den Fingern.

Die Bandenmitglieder schauten auf die Uhr. Es war bereits halb vier – und sie wollten noch im Keller beraten! Denn auf den Sonntagsausflug, behauptete Philipp, müsse Markus gründlich vorbereitet sein!

Die Lage war jetzt ausgesprochen günstig: Frau Becker und die beiden Erzieherinnen kümmerten sich um den verletzten Bastian. Der Weg in den Keller war frei wie noch nie.

Julia brachte diesmal Proviant mit. Ein ganze Tüte bunter Bonbons, und es waren keine gewöhnlichen Bonbons: Schokoladenkugeln, Bonbons mit Erdbeerfüllung und Marzipan und Nougat. Bei Eismanns gab es nämlich Süßigkeiten gratis. Herr Eismann war Geschäftsführer in einem Konditoreibetrieb.

Julia schüttete die Bonbons auf den Boden und teilte sie in vier Häufchen. Doch am Schluß blieben noch zwei Bonbons übrig. Das eine steckte sie in den Mund, und das andere gab sie Markus.

„Ihr seid verknallt“, kommentierte Benni.

„Unsinn“, sagte Julia, „Markus hat es schwer, darum kriegt er das!“

„Ich hab's auch schwer“, sagte Benni und wurde rot.

Markus sah Julia an. Ob sie es auch merkte, daß Benni eifersüchtig war? Ob sie den Brief doch geschrieben hatte?

An ihrem Gesicht ließ sich das jedenfalls nicht erkennen. Sie lutschte das Bonbon und verzog keine Miene.

Aber da fing schon die Beratung an. Philipp hatte das Wort: Das Wichtigste, meinte er, sei saumäßiges Benehmen!

„Schlürfen beim Essen“, sagte er, „in der Nase bohren! Und immer dazwischenreden! Beim Autofahren meckern, die ganze Zeit meckern! Wenn er Polstersitze im Auto hat, machste ein paar Flecken drauf. Mit Schokolade, mit Orangensaft, mit Eis, egal.“

„Und wenn wir dann im Wald sind?“ wollte Markus wissen. Sie überlegten.

„Du kannst ihm einen Ohrenzwicker ins Hemd stecken!" schlug Julia vor. Philipp hielt das für einen Kindergartenwitz. Julia widersprach: Ihr Vater, sagte sie, ekele sich vor Ohrenzwickern ganz doll!

„Trotzdem ist es Kinderkram", sagte Philipp.

„Macht ihr wirklich eine Wanderung, Markus?" fragte plötzlich Benni. Und als Markus nickte, seufzte er: „Oh, da könnt ihr vielleicht Pilze suchen! Ich such' so gerne Pilze ..."

„He, was soll das?" knurrte Philipp. „Willste mit oder was?"

Benni verschluckte sich beinahe. „Nein", stammelte er, „ich meine nur ..."

„Du kannst ihm auch seine Autoschlüssel verstecken", fuhr Philipp nach einer Weile fort. „Das regt die wahnsinnig auf, da ist die Stimmung garantiert im Eimer!"

Alle fanden den Trick erstklassig. Bloß Markus hatte Bedenken wegen der Ausführung. Wie sollte er das anstellen? Aber bevor er Philipp das fragen konnte, machte Julia plötzlich „Psst!!".

Sie hörten Schritte. Die Schritte näherten sich der Kellertür, und es war ein Stöckelschuhgeklapper.

„Frau Becker!" zischte Benjamin, sprang auf und versteckte sich im Sturzflug hinter einer Holzkiste.

Julia, Markus und Philipp versteckten sich auch. Philipp schlüpfte sogar in die Holzkiste.

Die Stöckelschuhe blieben bei der Kellertür stehen. Die Bandenmitglieder hielten den Atem an. Sie hörten, wie der Schlüssel umgedreht wurde. Und dann gingen die Stöckelschuhe wieder weg.

Philipps Kopf tauchte aus der Kiste auf. „Sie hat abgeschlossen!" flüsterte er.

Nun, das war eine überflüssige Bemerkung, denn das wußten alle. Sie sprangen aus ihren Verstecken und liefen zur Tür.

„Und jetzt?" sagte Markus. „Was machen wir jetzt?"

Alle redeten durcheinander: Benni schlug vor, sie könnten im Keller übernachten. Julia rief, das sei Unsinn, weil man sie ja dann mit der Polizei suchen würde. Markus war der Ansicht, daß sie Frau Becker rufen müßten. Benni interessierte, ob die Polizei bei der Suchaktion auch Spürhunde einsetzen würde, und Philipp beschloß schließlich, daß sie Frau Becker rufen und ihr sagen würden, sie hätten ein Kätzchen miauen gehört und wollten es retten. Aber dann rief Julia:

„Halt!" Und als alle auf sie schauten, sagte sie: „Wir kommen selber raus!" Und sie zeigte auf das Kellerfenster.

Es war ein ziemlich kleines Kellerfenster.

„Da kommen wir durch", behauptete Julia und machte das Fenster auf. Das Fenster führte in den hinteren Teil des Gartens. Keiner war da.

Doch der Fensterspalt war eng. Und hoch war das Fenster auch. Man brauchte einen Stuhl, um hinaufzukommen. Markus betrachtete den Spalt und erinnerte sich an Lisa und Tommi. Zum erstenmal beneidete er sie darum, daß sie klein waren.

„Ohne mich", sagte Philipp.

Doch Julia hatte schon einen Stuhl geholt, ihn darunter gestellt, war hochgestiegen und steckte den Kopf hinaus.

„Es geht", behauptete sie, „denn dort, wo ein Menschenkopf durchkommt, kommt auch der ganze Mensch durch! Das sagt meine Tante Friederike, und die ist Hebamme, die muß es ja wissen!"

Die Einsamen Wölfe begutachteten ihre Köpfe. Philipps Kopf war zweifellos der größte.

„Ohne mich", wiederholte er.

„Dann stimmen wir ab", sagte Benni.

Die Abstimmung fiel klar aus: drei Stimmen fürs Durchs-Fenster-Kriechen und eine Stimme fürs Frau-Becker-Herrufen.

„Okay", nickte Philipp, „aber auf eure Verantwortung!"

„Ich als erste", sagte Julia und stieg auf den Stuhl.

„Anheben!“ rief sie. Markus, Benni und Philipp hoben sie hoch. Sie war nicht schwer. Zuerst kam ihr Kopf nach draußen, dann die Arme und dann auch der Oberkörper. Und schon war Julia draußen!

„Was hab’ ich gesagt?“ rief sie von oben.

Philipp stieg auf den Stuhl. Sein Gesicht sah etwas bleich aus.

„Na, dann wollen wir mal“, sagte er laut und steckte den Kopf in den Fensterspalt.

So leicht wie Julia kriegte er ihn nicht durch, aber es gelang. Jetzt fing er an, sich mit dem Körper durchzuwinden. Benni und Markus hoben ihn dabei an. Es ging viel schwerer als bei Julia.

„Prima!“ rief Julia von draußen. „Nur weiter so! Zur Hälfte bist du schon raus!“

Stimmte aber nicht – in Wirklichkeit war das meiste von Philipp noch im Keller. Seine Füße zappelten jetzt in der Luft.

„Den Bauch einziehen!“ rief Benni. „Luft anhalten und Bauch einziehen!“

Philipp hielt die Luft an und zog den Bauch ein. Aber viel nützte es nicht.

„Und wenn er stecken bleibt?“ flüsterte Benni Markus ins Ohr. „Muß man dann den Keller abreißen?“

Markus zuckte mit den Achseln. Ihn interessierte im Augenblick vielmehr die Frage, ob er nun derjenige sein würde, der Frau Becker herrufen und irgendeine Lügengeschichte erzählen müßte. Das mit dem miauenden Kätzchen fand er nämlich nicht sehr überzeugend.

„Helft mir doch!“ rief Philipp, und Markus und Benni schubsten und drückten und hoben Philipp an, bis sie ihn schließlich durchgezwängt hatten. Sie atmeten auf.

„Und jetzt ich!“ sagte Markus und stieg auf den Stuhl.

Aber Benni war auch auf den Stuhl gestiegen und sagte, daß er nicht als letzter gehen wolle. „Bitte, Marki“, bettelte er.

Markus zögerte. Wenn ich steckenbleibe, dachte er, wer schubst mich an?

Julias Kopf tauchte im Fensterspalt auf.

„Der nächste!" rief sie.

Und dann tauchte auch Philipps Gesicht auf. „Keine Angst, Kleiner", grinste er, „für euch ist es doch Babysache!"

Angeber, dachte Markus, vorhin warst du selber kreidebleich! Er schaute zurück in den Keller. Wenn er als letzter gehen sollte, müßte er sich noch einen Stuhl holen und darauf steigen. Aber wenn die Stühle ihm unter den Füßen wegkippen würden?

„Was ist?" rief Julia.

„Wir knobeln!" sagte Markus.

Sie knobelten. Bennis Stein gewann gegen Markus' Schere.

„Ich komme!" rief Benni, und Markus stieg vom Stuhl herunter und ließ ihn vor.

Benni war ziemlich schnell draußen. Sein Fliegengewicht erwies sich heute als sehr vorteilhaft!

Markus holte sich den zweiten Stuhl und stellte ihn auf den unteren. Vorsichtig stieg er hinauf. Der Stuhl wackelte.

Aber es klappte: Die Stühle kippten nicht weg, und Markus kam durch. Mit wild zappelndem Herzen und einer klitzekleinen Schramme auf dem Bauch.

Als er schon fast draußen war, hörte er etwas rascheln. Er blickte sich um und sah, daß ihm die kleine Papierkugel aus der Hosentasche gefallen war. Jetzt lag sie drinnen auf dem Boden.

Doch zurückklettern, um sie zu holen, das ging nicht mehr.

13. Markus legt los

Das Wochenende kam und mit ihm der Sonntagsausflug.

Markus hatte einmal im Radio gehört: In der Zukunft würde es den Menschen vielleicht einmal möglich sein, das Wetter zu bestimmen. Den Regen herbeirufen, wenn die Erde trocken war, oder die Sonne aus den Wolken hervorlocken, wenn's zu doll geregnet hatte. Die Vorstellung war schön. Doch Markus hatte große Zweifel, daß er diesen Tag je erleben würde. So ist es doch immer mit den Erfindungen, dachte er. Wenn man sie am meisten braucht, sind sie noch nicht erfunden!

Wenn es aber möglich wäre! Dann würde Markus für dieses Wochenende das allerscheußlichste Hundewetter bestellen, das es jemals gegeben hatte! Für den Sonntag natürlich. Damit der Ausflug platzte.

Doch es kam genau umgekehrt: Samstags regnete es, und am Sonntag schien die Sonne. Das fand Markus gemein.

Und noch gemeiner fand er, daß die Mutter ihn am Samstag das Einmaleins abfragen wollte!

„Nein!“ brüllte er. „Keine Neunerreihe!“ Doch die Mutter bestand darauf und behauptete, das hätten sie abgesprochen. Sie fragte Markus, wieviel drei mal neun sei und zwei mal neun und vier mal neun, und Markus wußte nicht, ob er richtig oder falsch antworten sollte.

Auf jeden Fall holte er das Blechröhrchen aus der Hosentasche und pfiff die Antworten. Fragte ihn die Mutter, wieviel zwei mal neun sei, erzeugte er achtzehn quietschende Töne. Fragte sie ihn, wieviel drei mal neun sei, pfiff er siebenundzwanzigmal. Das, hoffte er, würde die Mutter von der Fragerei abbringen.

Tat es auch. Bei fünf mal neun gab die Mutter auf. Sie meinte, Markus müsse schon selber wissen, was er nötig habe und was nicht. Und ob ich das weiß! dachte Markus und ließ zwei lange Siegespfiffe hören.

Am Sonntag morgen strahlte die Sonne, und die Mutter freute sich, daß das Wetter so schön war. Markus freute sich nicht, nicht einmal über den Picknickkorb, den die Mutter vorbereitet hatte. Brötchen mit Schinken und Käse und Tomaten und Gurken, dazu Apfelsaft und Obst und Birnenkuchen!

Markus hatte nichts gegen Birnenkuchen. Im Gegenteil: Normalerweise mußte die Mutter den Birnenkuchen jedesmal gut bewachen, damit der nicht gleich am ersten Tag in Markus' Bauch verschwand. Doch für fremde Männer war der Birnenkuchen eindeutig zu schade!

Aber Markus stand nicht nur den ganzen Sonntagmorgen da und ärgerte sich über die Mutter. Keineswegs! Auch er traf seine Vorbereitungen.

Zunächst stellte er sich vor den Spiegel und prüfte seine Erscheinung. Die Haare waren ungekämmt, die Zähne ungeputzt, aber das war so gut wie nichts. Markus ging auf den Balkon. Dort hatte die Mutter ihre Schnittlauch- und Petersilien-Blumenkästen. Markus krallte die Finger in die Erde, und schon hatte er Fingernägel, für die er sich auch vor Philipp nicht hätte schämen müssen. Aber das war noch zu wenig. Markus holte aus dem Wäschekorb das schmutzigste T-Shirt, das, auf dem die meisten Fettflecken waren. Er zog es an und fühlte sich schon viel besser.

Dann fiel ihm Dietmar Blume mit seinen Kaugummifäden ein. In seinem Zimmer fand er drei Kaugummis. Kaugummiblasen platzen lassen hatte auf Erwachsene meistens große Wirkung. Herr Siebert zum Beispiel brüllte jedesmal „Raus!!", und der Blasenhersteller mußte die Klasse verlassen. Warum sollte es bei Herrn Matschepampe nicht wirken? Um zehn Uhr kam er.

Markus war in seinem Zimmer, als es schellte. Er hörte, wie die Mutter „Ach, sind die aber schön!" sagte, und dann, nach einer Weile, kamen Schritte auf sein Zimmer zu.

Markus sprang an seinen Schreibtisch, schnappte sich

schnell ein Donald-Duck-Heft und schlug es auf. Es klopfte an der Tür. Markus sagte: „Herein“, und Matthias kam herein. Er sah genauso aus wie damals, als Markus ihn noch für einen Mörder hielt. Er hatte Jeans, Hemd und eine Jacke an. Und Turnschuhe. Was aber Markus damals nicht bemerkt hatte, war, daß Matthias eine zu große Nase hatte. Und zu groß war

er auch. Also, was die Mutter an ihm fand, war Markus unbegreiflich.

„Hallo", sagte Matthias freundlich.

Markus wollte zur Begrüßung eine Kaugummiblase platzen lassen, aber ausgerechnet jetzt gelang sie ihm nicht. Stattdessen verschluckte er sich und begann zu husten. Matthias gab ihm einen Klaps auf den Rücken.

„Tag", sagte Markus, als er fertiggehustet hatte. Aber er stand nicht auf. Er blieb über das Donald-Duck-Heft gebeugt und starrte hinein. Und da merkte er erst, daß das Heft verkehrt herum lag.

„Gabi hat gesagt, daß Schiffe deine große Leidenschaft sind", sagte Matthias und legte ein Päckchen auf den Tisch.

Markus verdeckte schnell das Donald-Duck-Heft mit dem Ellenbogen.

„Willst du's nicht auspacken?" fragte Matthias.

Markus packte es aus. Es war ein Segelschiff, und es war mit Abstand das schönste Segelschiff, das Markus je gesehen hatte. Dagegen waren sein Kreuzdampfer und sein Hochseebergungsschlepper ein Nichts. Ein Dreimaster, ganz alt. Matthias erklärte, er habe das Schiff als Junge von seinem Opa bekommen. „Jetzt spiele ich schon lange nicht mehr Pirat", sagte er, „da dachte ich, du könntest es vielleicht gebrauchen."

Markus schwieg.

„Oder willst du's nicht?" fragte Matthias.

„Ich glaube nicht", sagte Markus, obwohl ihm dabei das Herz blutete.

„Vielleicht überlegst du's dir noch", sagte Matthias und verließ das Zimmer.

Dann gingen sie alle runter zum Auto, und Markus legte das Schiff im Vorzimmer auf die Kommode. Gleich neben die roten Tulpen, die Matthias der Mutter mitgebracht hatte.

Die Mutter sah das. Sie sah auch das schmutzige T-Shirt und wie Markus in der Nase bohrte. Aber sie sagte nichts.

Sie fuhren los. Mama saß vorne neben Matthias. Markus lümmelte sich auf dem Hintersitz. Diesmal gelang ihm die Kaugummiblase vorzüglich, und sie platzte auch laut. Er produzierte noch drei weitere, aber dann warf ihm die Mutter einen drohenden Blick zu. Beim zehnten Mal verlangte sie den Kaugummi. Markus weigerte sich und versprach, die Knallerei zu unterlassen.

Er schaltete auf Meckern um. Er klagte über Hitze, dann, als Matthias das Fenster aufmachte, über Zugluft, und schließlich forderte er ein Eis.

„Papa kauft mir immer Eis, wenn wir wohin fahren", verkündete er, „Erdbeereis oder Vanilleeis oder Himbeereis oder alles zusammen!"

„Hat das nicht Zeit?" fragte die Mutter.

„Nein", sagte Markus.

Die Mutter blickte ihn an, und es war wiederum kein freundlicher Blick. Doch Matthias hielt am nächsten Eiskiosk an, und Markus kaufte sich dort drei Kugeln Nußeis.

Im Auto suchte er dann den geeigneten Platz für den Klecks. Er entschied sich für links auf dem Sitz. Er hielt die Eistüte schräg, und gerade, als er die oberste Eiskugel fallen lassen wollte, drehte sich seine Mutter zu ihm um. Markus erschrak so sehr, daß ihm das ganze Eis wegrutschte. Leider kippte es statt auf den Sitz direkt auf seine Hose, und Markus mußte die Beine zusammenschlagen, damit das Eis nicht auf den Sitz rutschte.

Die Mutter gab ihm zwei Taschentücher, und Markus mußte damit das Eis von der Hose abwischen. Und dann hielt Matthias wieder an, und Markus mußte das Ganze in einen Mülleimer werfen. Der Fleck, den er jetzt an seiner Jeanshose hatte, war ungefähr doppelt so groß wie alle Fettflecken auf seinem T-Shirt zusammen.

Kurz darauf erreichten sie den Wald, ließen das Auto auf dem Parkplatz und gingen zu Fuß los. Die Autoschlüssel

steckte Matthias in die Jackentasche. Markus schleppte sich hinter ihnen her. Dabei beobachtete er sie genau. Er sah, wie Matthias der Mutter die Hand reichte, als sie über einen großen Baumstumpf steigen wollte.

Das war natürlich überhaupt nicht nötig. Bis jetzt konnte Mama alle Baumstümpfe ohne fremde Hilfe übersteigen! Lächerlich, dachte Markus, einfach lächerlich!

Nach einer Stunde, während der Markus außer einmal „Ja" und zweimal „Nein" nichts sagte, kamen sie zu einer schönen Waldlichtung. Matthias zog seine Jacke aus und hängte sie auf einen Ast. Sie setzten sich ins Gras, und die Mutter holte das Essen aus dem Korb.

Markus nahm sich ein Brötchen, klappte es auseinander, holte den Schinken heraus, und das übrige ließ er auf die Erde fallen. Die Mutter schaute ihn fassungslos an.

„Markus", sagte sie leise, „was soll das?"

Aber da spuckte Markus schon den Schinken aus. „Diesen Schinken mag ich nicht", sagte er, „haben wir denn nichts Besseres?"

„Hör zu, Markus", begann die Mutter, aber Markus hörte nicht zu.

Er holte sich eine Tomate und biß sie an. „Schmeckt wie Hühnerkacke", sagte er.

Da riß der Mutter die Geduld. „Jetzt ist aber Schluß!" rief sie. „Geh mir aus den Augen! Und überleg dir gut, ob du so weitermachen willst!" Ihre Augen blitzten vor Zorn.

Markus stand auf und ging weg. Jetzt hatte er, was er wollte. Und trotzdem war er nicht zufrieden. Er war tief gekränkt. Daß ihn Mama vor dem Mann so anfahren würde, das hätte er von ihr nicht erwartet! Das war zuviel! So, dachte er, redet man nicht mit einem Jungen, der Konfektionsgröße Hundertvierunddreißig hat, Mitglied bei den Einsamen Wölfen ist und Liebesbriefe kriegt!

Und dann schaute er sich um und sah Matthias' Jacke. Sie

hing immer noch auf dem Ast. Markus starrte die Jacke an. Jetzt oder nie, sagte er sich.

Matthias und Mama aßen die Brötchen und schauten schweigend vor sich hin. Markus trat langsam an den Baum, langte blitzschnell in Matthias' Jackentasche und holte die Autoschlüssel heraus. Weder Mama noch Matthias merkten das. Ein paar Schritte weiter legte Markus die Schlüssel auf die Erde. Mit dem Fuß schob er noch einige Blätter drüber.

Und dann ging er wirklich weg. Egal, dachte er, wenn ich mich verlaufe. Dann würde es wenigstens in der Zeitung stehen. „Ein achteinhalbjähriger Junge vermißt", würde drin stehen. Und: „Die Polizei bittet die Bevölkerung dringend um Hinweise!" Und dann würde die Polizei eine große Suchaktion starten. Wahrscheinlich würde sie auch Spürhunde einsetzen, und jeder Hund würde einen Socken von Markus unter die Nase bekommen. Ungewaschen natürlich.

Nach drei Tagen würde man ihn finden – fast verhungert und von Wölfen halbtot gebissen! Herr Siebert erzählte zwar in Sachkunde, Wölfe seien fast ausgestorben, aber für einen einzigen verlassenen Jungen würden es bestimmt genug sein! Am Ende würde er seiner Mutter in die Arme fallen, und sie würde ihn unter Tränen um Verzeihung bitten.

Im Augenblick saß die Mutter aber mit Matthias im Gras und machte sich bestimmt keine Sorgen um Markus. Vielleicht knutschten sie sich sogar ab! Oder aßen den Birnenkuchen.

Markus wußte nicht, was schlimmer war. Um sich zu überzeugen, kletterte er auf einen Baum. Jetzt sah er sie beide. Sie knutschten sich nicht ab, und sie aßen auch keinen Birnenkuchen. Markus konnte sehen, wie die Mutter hin und her ging.

„Markus!" rief sie.

Markus meldete sich nicht und blieb auf dem Baum. Abhauen könnt ihr sowieso nicht, dachte er, dazu fehlen euch die Autoschlüssel! Er blieb auch dort, als er sah, daß Matthias aufgestanden war und ihn suchen ging. Auch er rief: „Markus!“ Zunächst ging er in die verkehrte Richtung. Aber dann drehte er um und kam auf einmal auf Markus zu.

Markus erstarrte. Und weil er das Gefühl hatte, nicht hoch genug zu sitzen, um ungesehen zu bleiben, streckte er sich und wollte auf den oberen Ast hinaufklettern. Leider war der Ast zu schwach. Es knackte, und Markus fiel mit großem Krach auf die Erde.

Matthias lief erschrocken zu ihm. „Bist du in Ordnung?“ fragte er. „Kannst du aufstehen?“

Markus antwortete nicht und blieb sitzen.

„Komm“, sagte Matthias und reichte ihm die Hand.

„Fassen Sie mich nicht an!“ rief Markus. Und er stand alleine auf und ging, auch wenn ihm das linke Bein weh tat, zurück zu der Lichtung.

Plötzlich fiel ihm ein Tropfen auf die Nase. Und dann noch einer auf die Stirn. Es fing an zu regnen. Mit einem Schlag verdunkelte sich der Himmel, und kurz darauf goß es in Strömen. Es regnete so stark, als wäre Vatersamstag!

Die Mutter sammelte schnell alle Sachen zusammen und steckte sie in den Korb. Als Markus zu ihr kam, schaute sie ihn nur kurz und kühl an.

Matthias zog seine Jacke an und griff in die Tasche. „Das kann doch nicht wahr sein“, sagte er. Er begann, die Autoschlüssel zu suchen. Er suchte überall: in der Hose, unter dem Baum und nochmal in der Jackentasche.

Die Mutter leerte den Korb und fand sie auch nicht.

Markus stand ein Stück weiter und tat, als wäre nichts.

„Du hast sie nicht zufällig gesehen, Markus?“ fragte die Mutter.

„Nein“, sagte Markus. Sofort spürte er, wie ihm das Blut in den Kopf schoß. Matthias schaute ihn an.

„Wenn es ein Scherz sein sollte“, sagte er, „dann wäre es aber langsam an der Zeit ...“

„Das würde Markus doch nie tun!“ rief die Mutter.
„Na gut, dann suchen wir eben weiter“, sagte Matthias. „Vielleicht findet sie dein Sohn.“
„Mein Sohn?“ fragte die Mutter. „Was heißt denn mein Sohn?“
„Gabi“, sagte Matthias leise, „ich bin mir doch sicher, daß ich sie in der Tasche hatte.“
Die Mutter wandte sich zu Markus.
Markus biß die Zähne zusammen und versuchte, das Rotwerden zu unterdrücken. Es gelang ihm nicht. Jetzt war sein Gesicht bestimmt rot wie eine Tomate. Und die Mutter sah das.
„Markus“, sagte sie und kam auf ihn zu. „Ich will wissen, ob es wahr ist! Wenn du die Schlüssel tatsächlich versteckt hast ...“
„Warum ich?“ murmelte Markus und trat zwei Schritte zurück. Jetzt fühlte er sich schon sehr mulmig. Warum, zum Teufel, ging Matthias nicht ein Stück nach links? Dort lagen sie ja! Am liebsten wäre Markus selber hingegangen und hätte sie geholt. Aber dafür war es zu spät.
Der Regen wurde immer stärker. Langsam waren sie alle pitschnaß. Markus begann zu frieren.
„Vielleicht liegen sie hier irgendwo“, stotterte er und zeigte zu der Stelle, „oder da ... zwischen den Blättern ..., da seh ich was!“
Die Mutter ging hin und fand die Schlüssel. Sie sah Markus mit einem Blick an, der ihm ziemlich Angst machte.
„Du entschuldigst dich jetzt!“ forderte sie.
Plötzlich standen sie sich alle drei im Regen gegenüber. Markus starrte auf die Erde und schwieg.
„Ach, lassen wir das“, sagte Matthias, „gehen wir lieber, wir sind ja alle naß ...“
Aber die Mutter bestand darauf, bis Markus schließlich „Tschuldigung“ aus sich herauspreßte.

„Jaja, ist schon gut“, antwortete Matthias.
Und dann gingen sie alle schweigend und schnell zum Auto. Das linke Bein tat Markus zwar nicht mehr weh, dafür fühlte er sich aber elend. So eine beschissene Wanderung hatte er noch nie erlebt!
Schweigend fuhren sie nach Hause. Dort sagten sie nur „Tschüs“ zueinander. Matthias fuhr weg, und Markus ging mit der Mutter in die Wohnung. Die Mutter sprach kein Wort mit Markus. Beim Treppensteigen hielt Markus es nicht mehr aus.
„Mama!“ rief er.
Sie drehte sich um.
„Bist du sauer?“
„Und ob!“ rief sie zornig. „Du bist jetzt hoffentlich zufrieden!“
In diesem Moment ging Frau Krönig an ihnen vorbei. Die Mutter war so aufgeregt, daß sie sie fast zu grüßen vergessen hätte. Markus murmelte „Tag ...“ und spürte noch fünf Treppen höher, wie Frau Krönig ihnen nachschaute.

14. Rennrad ade!

Am Montag morgen um 7.45 Uhr stand Benjamin an der Ampel und wartete auf Markus. Dort trafen sich die beiden jeden Morgen und gingen dann den Rest des Weges zur Schule zusammen. Markus kam nicht um 7.45 Uhr, nicht um 7.47 Uhr und auch nicht um 7.50 Uhr. Um 7.51 Uhr ging Benjamin allein in die Schule.

Markus hatte verschlafen. Er hatte verschlafen, weil die Mutter verschlafen hatte. Und die Mutter hatte verschlafen, weil sie die halbe Nacht wach war und am Morgen so tief schlief, daß sie den Wecker nicht hörte.

Abends hatte sich die Mutter nämlich mit Markus arg gestritten. Sie meinte, Markus habe sich bei dem Ausflug abscheulich benommen. Markus war der Meinung, er könne sich benehmen, wie er wolle. Daraufhin rief die Mutter, das könne er eben keineswegs. Bis heute, sagte sie, seien sie die besten Freunde gewesen, und Markus habe keinen Grund, sich zu beklagen!

„Hat er dir etwas getan?" fragte sie. „Antworte!"

Markus schwieg.

„Hat er nicht! Er gibt sich sogar die größte Mühe, dir ein Freund zu sein! Aber du hast ihm einfach den Krieg erklärt, und zwar bevor du ihn überhaupt kennengelernt hast!"

„Ich denke auch nicht daran, ihn kennenzulernen!" schrie Markus. „Und seine Schiffe kann sich Herr Mampe ..." Jetzt wollte er etwas ganz Schlimmes sagen, aber die Mutter sah so verärgert aus, daß er das zu riskant fand. Da drehte er sich lieber um, ging aus dem Zimmer und knallte die Tür zu.

Leider fiel bei dem Knall ein bißchen Putz von der Wand, und die Mutter lief ihm nach, riß die Kinderzimmertür auf und sagte, daß es das letzte Mal war. Und daß ihre Geduld auch Grenzen habe.

Später, als die Mutter dachte, Markus schliefe schon, telefo-

nierte sie mit Sylvia. Mit Sylvia führte die Mutter immer die interessantesten Gespräche, weil sie ihr Sachen erzählte, die für Markus' Ohren nicht geeignet waren. Leider bekam Markus nur selten etwas mit. Denn mit Sylvia telefonierte die Mutter mit Vorliebe spät abends. Auch diesmal konnte Markus nur ganz wenig verstehen – auch wenn er das Ohr ganz fest an die Wand drückte!

„Nein", hörte er die Mutter sagen und: „Ja." Und: „Das glaub' ich nicht!" Und: „Das stimmt auch wieder." Und: „Er tut mir halt so leid!"

Daraus wurde Markus überhaupt nicht schlau. Vor allem wußte er nicht, wer nun der Mutter leid tat – er oder Matthias? Bestimmt Herr Matschepampe und nicht der eigene Sohn!

Im Hort berichtete Markus der Bande vom Ausflug. Sie saßen alle wieder im Keller. Sie hatten sich gleich nach dem Essen in den Keller geschlichen, als Frau Becker noch den Apfelstrudel aß. Markus war als erster losgegangen. Er wollte vor den anderen im Keller sein, um die Papierkugel zu suchen. Aber sie lag nicht mehr da. Markus hätte sie gerne weiter gesucht, aber da kamen schon Philipp, Julia und Benni.

Markus erzählte alles über den Sonntag. Das heißt, nicht ganz alles. Das mit dem umgekippten Eis ließ er aus. Und wie er von dem Baum abgestürzt war, das sagte er auch nicht.

„Mann, Klasse", strahlte Benni, „jetzt hat er bestimmt die Nase voll!"

„Für den Anfang nicht schlecht", stimmte Philipp zu.

Nur Julia seufzte und sagte: „Arme Mutter, die tut mir ein bißchen leid."

Philipp meinte, auf solche Sachen dürfe man bei der Aktion keine Rücksicht nehmen. „Was sein muß, muß sein", sagte er.

„Und am Freitag schreiben wir wieder 'ne Matheübung!" rief Benni. „Da kann ich dir schon jetzt 'nen Fünfer garantieren!"

Benjamin hielt Wort. Es war ja auch nicht schwer, Wort zu

halten. Als sie die Aufgabe lösen mußten: „Du hast 25 Pfennige – wieviel Pfennige fehlen noch an 1 DM?“ schrieb er einfach 65. Und als es 47 Pfennige waren, schrieb er, daß noch 43 fehlen. Obwohl er genau wußte, daß es im ersten Fall 75 und im zweiten 53 waren. So blöd war Benni ja auch wieder nicht, daß er sich in Geldsachen verrechnet hätte!

Markus bekam dann den Bogen zum Unterschreiben. Er sah sich die Ergebnisse an und zögerte. Daß er sich so sehr für die Sache würde opfern müssen, hätte er nicht gedacht. Aber dann sagte er sich: Was sein muß, muß sein! und unterschrieb. Er stand auf und brachte die Arbeit zu Frau Lehmann.

Frau Lehmann schaute sie sich an. Ziemlich lange schaute sie sich die Arbeit an. Inzwischen waren schon andere Kinder mit ihren Arbeiten gekommen, und Frau Lehmann legte ihre Mathebögen aufeinander. Genau gesagt nicht alle – auch Benjamins Arbeit legte sie zur Seite.

Markus begann zu zittern. Innerlich, versteht sich. Nach außen merkte man ihm das Zittern nicht an.

Dann klingelte es, und als alle Kinder aus der Klasse liefen, sagte Frau Lehmann: „Komm bitte mit, Markus.“

Markus zitterte noch mehr. Doch er mußte mit Frau Lehmann in das Lehrerzimmer gehen.

Benjamin blieb im Flur stehen und sah dem weggehenden Markus mit sorgenvollem Gesicht nach. Frau Lehmann drehte sich um: „Du kommst auch mit“, sagte sie, „aber zuerst will ich mit Markus sprechen.“

Benjamin wurde bleich. Langsam ging er hinter ihnen her. Ins Lehrerzimmer zu müssen, war nicht gut. Ins Lehrerzimmer ging man gerne, wenn man nach etwas geschickt wurde. Musikbücher holen zum Beispiel. Oder Diktathefte. Aber nicht mit Frau Lehmann, die gefälschte Mathebögen in der Hand hielt!

Markus und Frau Lehmann gingen ins Lehrerzimmer. Benjamin blieb draußen und sah aus wie ein Schiffbrüchiger, dem gerade in der Ferne ein Schiff davonfährt.

Frau Lehmann legte die Mathearbeiten auf den Tisch. „Setz dich“, sagte sie.

Markus setzte sich. Auch Frau Lehmann setzte sich.

„Möchtest du mir nichts sagen, Markus?“ fragte sie.

Markus schaute Frau Lehmann an. Er hatte sie gern. Sie war nie ungerecht. Wenn Markus etwas nicht verstand, konnte er sie fünfmal hintereinander fragen, und sie gab ihm fünfmal Antwort. Und für jede gelungene Arbeit streichelte sie ihm den Kopf.

„Ich habe dich was gefragt“, wiederholte Frau Lehmann.

Markus Blick wanderte von Frau Lehmanns Gesicht nach unten. Er starrte seine Turnschuhe an und dachte: Jawohl, Frau Lehmann! Ich habe Ihnen was zu sagen. Ich brauche dringend zwei oder drei Fünfer! Bitte geben Sie sie mir, und fragen Sie mich nichts. Dann werde ich wieder gut rechnen.

Aber kann man so etwas zu einer Lehrerin sagen? Nein. Nie und nimmer. Markus schwieg weiter.

Also sprach Frau Lehmann. „Ich weiß, daß du und Benjamin Freunde seid“, sagte sie, „aber glaubst du denn wirklich, daß du ihm auf diese Weise hilfst? Er muß doch rechnen lernen! Und nicht für sich rechnen lassen!“

Markus war so verblüfft, daß er von den Turnschuhen wieder zu Frau Lehmann hinaufschaute. Sie hatte beide Arbeiten nebeneinander gelegt.

„Glaubst du etwa, ich kann nach zwei Jahren die Schriften nicht auseinanderhalten?“

Markus dachte kurz an Gott. Ob er ihn nicht wieder um Hilfe bitten sollte. Aber dann beschloß er, es nicht zu tun. Bei Schwindeleien hilft der liebe Gott ganz gewiß nicht. So schwieg er und ließ Frau Lehmann reden.

Sie sagte, so etwas sei kein Freundschaftsbeweis. Im Gegenteil, mit gefälschten Mathearbeiten könne Markus seinem Freund nur schaden!

PLAN
1
2
7
8
3
4
9
10
5
6
11
12

Und dann stand Frau Lehmann auf und holte Benjamin.

Im Gegensatz zu Markus schwieg Benni nicht. Noch in der Tür legte er los! Er versicherte Frau Lehmann, daß sie sowieso gerade Schluß machen wollten mit dem Schwindel. Weil es Markus wahrscheinlich gar nicht helfen würde bei seinem Problem.

„Wenn die Mutter verknallt ist", sagte Benjamin, „dann ist sie halt verknallt! Da helfen auch keine Fünfer!"

„Nun mal langsam", unterbrach ihn Frau Lehmann, „welche Mutter?"

„Na, Markus' Mutter!" sagte Benni. „Für jemand andern würd' ich es doch nicht machen!"

Frau Lehmann verstand gar nichts mehr, und Benni erklärte ihr alles. Er war einfach nicht aufzuhalten! Aber Markus ließ ihn reden. Denn jetzt war es ihm schon ziemlich wurscht. Benni erzählte alles: wie die Mutter einen Freund fand und wie sehr Markus dagegen war. Und wie er versuchte, die Mutter von dem Mann abzubringen. Von den Einsamen Wölfen allerdings erzählte Benni kein Wort.

Frau Lehmann hörte stumm zu, dann sagte sie: „Du meine Güte!" und „Kinder, Kinder!" und schaute von Markus zu Benni und wieder zu Markus. Am Ende sagte sie: „Sowas hab' ich noch nie erlebt. Dabei unterrichte ich schon fünfzehn Jahre!"

Inzwischen waren auch Frau Schweinfurth und Herr Siebert ins Lehrerzimmer gekommen. Sie schauten etwas erstaunt, aber dann gingen sie zum Glück wieder raus, um Kaffee zu trinken.

Frau Lehmann wartete ab, bis die Tür zu war, und dann schlug sie vor, die Unterschriften auszutauschen. Damit, sagte sie, sei sie bereit, die Angelegenheit abzuschließen. Allerdings unter der Bedingung, daß sie es nie wieder tun würden. Sie mußten Frau Lehmann sogar die Hand darauf geben. Das taten sie gerne!

Sie gingen aus dem Lehrerzimmer. Als sie bei der Tür waren, rief Frau Lehmann: „Markus!"

Markus drehte sich um. „Ja?" sagte er.

„Ach, nichts", lächelte Frau Lehmann, „geh schon."

Draußen im Hof mußten sich Markus und Benni erstmal von dem Schock erholen. Sie setzten sich auf eine Bank.

„Rennrad ade", seufzte Benni.

Markus wollte etwas sagen, doch da sah er plötzlich Laura Krüger. Sie kam auf ihn zu und grinste.

„Willst du's wissen oder nicht?" fragte sie.

„Was?" sagte Markus.

„Na, wer den Brief geschrieben hat!"

Markus wollte es wissen. Laura Krüger zeigte zu der Hecke links vom Schulgebäude.

Hinter der Hecke huschte eine Gestalt vorüber. Die Gestalt hatte eine grüne Hose an. Es war Cornelia Michalski.

„Siehste", sagte Benni. „Hab' ich doch gesagt!"

Laura Krüger wartete nicht ab, was Markus dazu sagen würde. Sie lief schon zu der Hecke zurück. Dort flüsterte sie der Cornelia etwas zu, und dann sausten die beiden lachend davon.

Markus seufzte. Das hatte ihm gerade noch gefehlt! Cornelia Michalski war gut einen Kopf größer als er. Und petzen tat sie auch. Und in das Poesialbum schrieb sie allen Kindern aus der Klasse dasselbe:

Quält dich in tiefer Brust
das harte Wort „Du mußt",
dann macht Dich eins nur still –
das stolze Wort „Ich will".

Nein, Cornelia Michalski kam nicht in Frage. Von Cornelia wollte Markus auf gar keinen Fall geliebt werden.

Er seufzte nochmal und fand, daß das Leben ziemlich gemein zu ihm war.

15. Der Verräter

Der Markus hatte aber wirklich Pech! Zu Hause gab es nichts, aber auch gar nichts, worüber er sich freuen konnte. Die Mutter telefonierte zwar jetzt nicht mehr mit Matthias, und sie ging auch nicht mit ihm ins Kino. Dafür wurde sie aber ziemlich komisch!

Wenn Markus mit ihr abends Dame spielte, vergaß sie, ihm seine Steine wegzunehmen, auch wenn dahinter freie Felder waren.

Las die Mutter abends auf der Couch ein Buch, so dauerte es eine halbe Stunde, bis sie die Seite umgeblättert hatte! So langsam las selbst Markus in seiner Lesefibel nicht!

Die Mutter las nämlich gar nicht. Sie tat nur so, als ob. Und nicht nur das: Einmal hatte die Mutter eine Herdplatte über Nacht angelassen. Am Morgen glühte sie rot, und es war ein Glück, daß die Wohnung nicht ausgebrannt war! Das war der Mutter vorher nie passiert. Sie war einfach mit ihrem Kopf nicht da. Sie war bei Matthias.

Eines abends rief er wieder an. Markus saß gerade vor dem Fernseher und schaute sich einen Tierfilm an. Über Leoparden. Die Mutter trug das Telefon ins Nebenzimmer.

So mußte Markus schnell den Fernseher leise machen. Der Leopard auf dem Bildschirm lauerte gerade einem Wildschwein auf. Dazu brauchte man keinen Ton.

Markus bekam nicht alles mit, was die Mutter sagte. Dafür sprach sie zu leise. Aber plötzlich hörte er: „Ja, natürlich hab' ich ein schlechtes Gewissen! Und ich glaube, du würdest es an meiner Stelle auch haben! Der Junge hat damals alles mit durchgemacht, und es war gar nicht leicht für ihn!"

Markus hielt den Atem an.

Der Leopard stürzte sich jetzt auf das Wildschwein. Das Wildschwein rannte im Zick-Zack-Lauf davon.

Und im Nebenzimmer sagte die Mutter: „Und neulich hat er

sogar einen Fünfer bekommen! In Mathe, wo er bisher so gut war!“

Also doch! freute sich Markus, der Fünfer hat doch gewirkt! Endlich begreift Mama, daß ich es ernst meine! Jetzt sollte sie sagen: „Und deswegen, Matthias, müssen wir beide Schluß machen! Ein für allemal!“

Aber Mama sagte das nicht. Sie redete wieder leise, und dann legte sie auf.

Markus stellte den Fernseher wieder auf normale Lautstärke. Der Leopard hatte das Wildschwein nicht erwischt. Markus freute sich für das Wildschwein. Und er freute sich auch, daß Mama auf seiner Seite war! Aber er freute sich zu früh. Denn jetzt war die Mutter traurig. Auf der Stirn hatte sie eine Kummerfalte.

Markus beschloß, sie fröhlich zu machen. Er half ihr beim Abwaschen und erzählte dabei Ostfriesenwitze. Doch die Mutter hörte nicht richtig zu. Das merkte man daran, daß sie entweder gar nicht oder an falschen Stellen lachte. Dabei waren es die neuesten Ostfriesenwitze!

Markus machte noch etwas. Eine Hörprobe. Es war ganz einfach.

„Armer Herr Siebert!“ sagte er, als die Mutter die sauberen Teller in den Oberschrank räumte. „Er muß jetzt im Krankenhaus operiert werden!“

„Ach was“, sagte die Mutter.

„Und zwar am Auge!“ fuhr Markus fort.

„So?“ sagte die Mutter.

„Ja“, nickte Markus, „weil dem armen Herrn Siebert übers Wochenende am Kopf ein drittes Auge angewachsen ist! Ich an seiner Stelle würde es nicht wegoperieren lassen. So ein Hinterauge ist doch ganz praktisch, nicht?“

„Unbedingt“, antwortete die Mutter, und Markus wurde wütend. Er schrie, die Mutter höre ihm gar nicht zu. Er könne ihr laufend Blödsinn erzählen, und sie merke es gar nicht!

Wenn es so weiterginge, rief er, dann brauche er ja gar nicht mehr zu reden! Die Mutter entschuldigte sich und sagte, sie habe heute zuviel zu tun gehabt in der Klinik und sei müde.

Aber auch die zweite Hörprobe fiel schlecht aus.

„Heut' hat's im Hort gar nicht geschmeckt", verkündete Markus am nächsten Tag. Die Mutter schnitt gerade in der Küche eine dicke Aubergine in Scheiben und wälzte sie im Eierteig. „Frau Gruber hat wieder die Tintensoße versalzen", erzählte Markus.

„So was", sagte die Mutter.

„Ja", fuhr Markus fort, „und wenn die Tintensoße versalzen ist, dann schmecken die Bratstrümpfe überhaupt nicht."

„Das glaub' ich", nickte die Mutter.

Da brüllte Markus nicht einmal mehr. Er verließ wortlos die Küche, ging ins Bad, schloß ab und antwortete nicht, als die Mutter an die Tür klopfte und zum Abendessen rief. Er badete zwei Stunden lang. Aber die Wut badete er damit nicht weg.

Am nächsten Tag rief Papa an. Der kommende Samstag war nämlich wieder ein Vatersamstag. Aber Papa mußte zu einem Fortbildungsseminar fahren, und so verschoben sie das Treffen auf die nächste Woche. Ausgerechnet jetzt, wo Markus sich entschieden hatte, Papa von seinem Problem zu erzählen! Es war zum Eierlegen.

Auch die Bandenmitglieder verstanden Markus nicht.

„Die Sache läuft doch prima!" behauptete Philipp. „Jetzt haben sie sich verkracht, was willste mehr?"

Aber Markus wollte mehr. Er wollte die alte Mutter wiederhaben! So eine, die ihm richtig zuhörte, wenn er Ostfriesenwitze erzählte! So eine, die mit ihm abends Dame spielte und dabei ihre Steine nicht leichtsinnig verschenkte! So eine, die jede Hörprobe glänzend bestanden hätte! So eine Mutter hatte er jetzt nicht.

Aber das würde Philipp nicht verstehen, dachte Markus und sagte Philipp nichts davon. Und als Philipp verkündete, am

Freitag würden die Einsamen Wölfe ein Fest feiern und jedes Mitglied sollte was zum Naschen mitbringen, sagte Markus, er würde Kekse und Apfelsaft besorgen.

Philipp kaufte im Supermarkt für 4,50 DM eine Flasche Rotwein. Und Salzstangen.

Julia brauchte gar nichts zu kaufen. Sie sagte zu Hause, im Hort würde ein Geburtstag gefeiert, und bekam eine ganze Packung Rumkugeln. Eine Hälfte mit Schokoladenglasur, die andere mit Kokosraspeln.

Benni versprach, Knackwürste mitzubringen.

Um drei Uhr schlichen sich die Bandenmitglieder in den Keller.

Diesmal ging Julia zu Frau Becker. Was sie ihr erzählte, erfuhren die Einsamen Wölfe nicht. Aber es mußte etwas Spannendes gewesen sein, denn Frau Becker hörte aufmerksam zu und merkte gar nicht, daß Markus und Philipp an ihrer Tür vorbeiflitzten.

Nur Benni fehlte.

Der arme Benni saß noch oben im Arbeitsraum und rechnete zwanzig Minusaufgaben! Denn Frau Messerschmidt, die Erzieherin, ließ ihn nicht die Hausaufgabe von Markus abschreiben. Durch Abschreiben, sagte sie, schade man nur sich selbst! Benni schnitt ihr, als sie sich umdrehte, hinterrücks eine fürchterliche Fratze; so eine, bei der man sich mit dem linken Zeigefinger und mit dem linken Mittelfinger die Augen nach unten zieht und mit dem rechten Mittelfinger die Nase nach oben drückt.

Also fingen die Einsamen Wölfe ohne Benni an. Sie legten all die mitgebrachten Sachen auf die Holzlatte. Das war die Festtafel. Julia hatte sogar vier weiße Servietten mitgebracht, und auf jede Serviette war mit Filzstift „E. W." geschrieben.

Die Pappbecher besorgte Philipp. Und er schenkte auch den Wein ein. Julia ließ sich nur ein bißchen Wein geben. Weintrinken, sagte sie, sei nichts für sie. Markus hätte gerne dasselbe gesagt, denn auch er hielt vom Weintrinken nicht viel. Ein paarmal hatte er schon Wein probiert, und jedesmal schmeckte er scheußlich. Aber er sagte nichts. Denn da hätte ihn Philipp sicherlich ausgelacht. Er ließ sich seinen Becher nur halb füllen. Gerade als Philipp den dritten Pappbecher einfüllte, ging die Kellertür auf.

„Hallo Kumpels!“ strahlte Benni und holte zwei Paar Knackwürste aus den Hosentaschen. Er nahm sich gleich zwei Kekse. „Hm, lecker“, schmatzte er, „diese Sorte mag ich! Butterkekse, nicht? Krieg ich auch was zu trinken?“

„Nein, warte“, sagte Philipp, „zuerst hab’ ich mit dir zu reden.“

Und als alle ihn erstaunt anblickten, sagte er: „Unter uns befindet sich ein Verräter.“

„Was??“ fragten Markus und Julia und Benni gleichzeitig.

Philipp zog seinen Schuh aus und nahm ein zerknittertes Stück Papier heraus. Er faltete es auseinander und begann zu lesen:

„Lieber Herr Matthias! Es ist uns bekannt, daß Sie eine Dame suchen.“

Kaum hatte er die ersten Worte gelesen, sprang Benni auf. „Wo hast’n das her?“ schrie er und stürzte sich auf Philipp. Aber Philipp war auch aufgesprungen und hielt das Papier hoch.

„Ich hab’ dich beobachtet“, sagte er, „wie du das heut’ mittag zusammengekritzelt hast! Dann hab ich’s mir halt geborgt!“

Benni rief, Philipp habe es ihm gestohlen, und wollte den Brief zurückhaben. Aber Philipp gab ihm den Brief nicht zurück. Er zeigte ihn Markus und Julia. Und las weiter:

„... daß Sie eine Dame suchen unt mit Frau Steiner klapt es nich so gut. Wir können Ihnen eine andere Damen emfehlen, sie ist auch geschiden ...“

„Gib her!“ schrie Benni. „Ich erklär’s euch!“

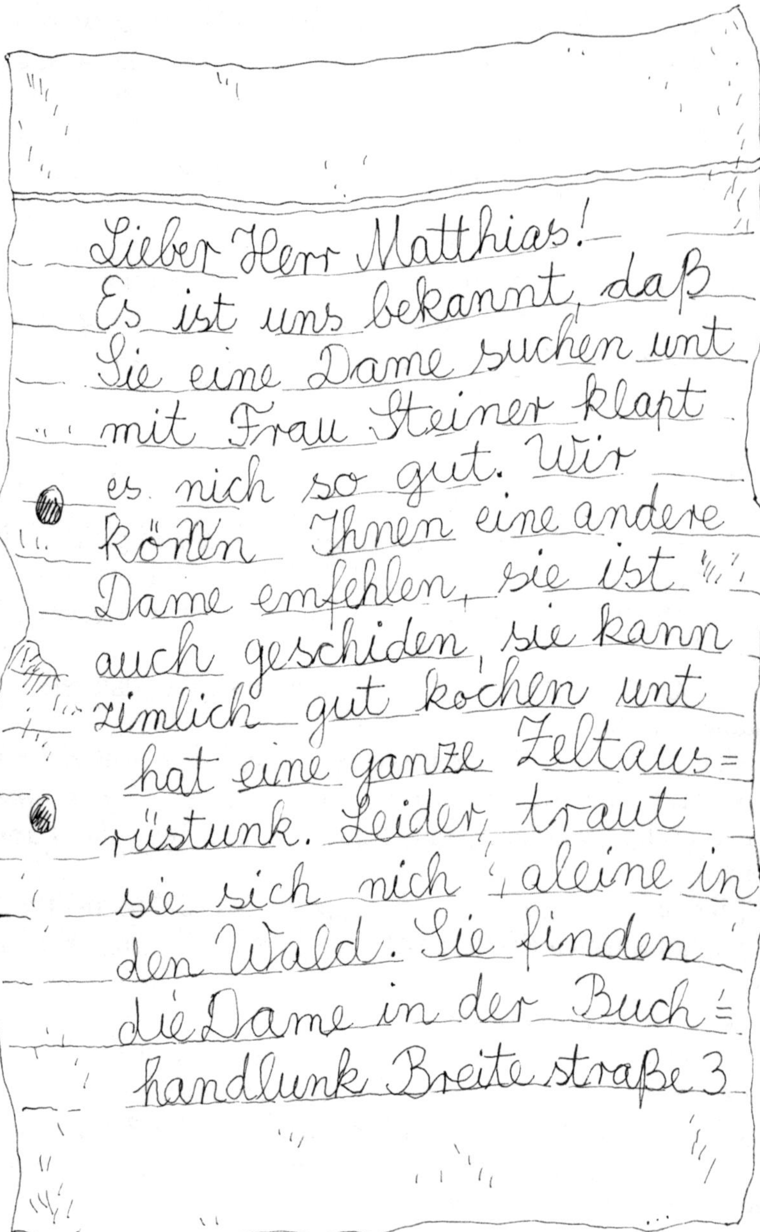
Lieber Herr Matthias!
Es ist uns bekannt, daß
Sie eine Dame suchen unt
mit Frau Steiner klapt
es nich so gut. Wir
Könen Ihnen eine andere
Dame emfehlen, sie ist
auch geschiden, sie kann
zimlich gut kochen unt
hat eine ganze Zeltaus=
rüstunk. Leider traut
sie sich nich aleine in
den Wald. Sie finden
die Dame in der Buch=
handlunk Breitestraße 3

„... auch geschiden, sie kann zimlich gut kochen unt hat eine ganze Zeltausrüstunk. Leider traut sie sich nich aleine in den Wald. Sie finden die Dame in der Buchhandlunk Breite straße drei ...“

„Deine Mutter?“ staunte Julia. „Du willst ihn mit deiner Mutter zusammentun?“

„Klar“, sagte Philipp, „er will den Mann für sich! Und das ist ein Verrat!“

Markus starrte Benni an. So rot wie er jetzt war, hatte Markus ihn noch nie gesehen. Bennis Ohren nahmen die Farbe einer reifen Erdbeere an.

„Mann!“ rief er. „Ich wollte es zuerst der Bande zeigen! Ehrlich! Ob sie einverstanden ist! Aber ich konnte es eben nicht finden!“ Und er stürzte sich wieder auf Philipp: „Weil du es mir geklaut hast!“

Philipp glaubte ihm aber nicht. Er meinte, Benni wollte den Brief allein und geheim abschicken. Benni schwor bei seiner Ehre, daß er die Wahrheit sagte. Philipp glaubte ihm immer noch nicht. Benni schwor bei Gott, und Philipp schüttelte wieder den Kopf. Dabei hatte Benni bei dem Schwur keine Finger hinter dem Rücken gekreuzt!

„Es war doch bloß ’ne Idee von mir“, rief er, „ihn einfach wegzulocken von Markus’ Mutter! Vielleicht hätte es gar nicht geklappt!“

„Natürlich hätte es nicht geklappt“, sagte Julia ernst. „Liebe kannst du nicht erzwingen.“

Markus staunte: Was Julia alles über die Liebe wußte!

„Du hast geschworen, Benni“, sagte Philipp. „Ich fürchte, die Bande wird sich von dir verabschieden müssen.“

„Ich verlange eine Abstimmung“, rief Benni.

„Gute Idee“, sagte Julia.

„Du hast kein Stimmrecht“, erwiderte Philipp. „Du bist nur Ehrenmitglied.“

„Und wie wollt ihr ohne mich abstimmen? Zu zweit, hm?“

Sie hatte recht. Also wurde sie zur Abstimmung zugelassen. Und sie sagte gleich, sie sei dafür, daß Benni in der Bande bleibe. Sie war überzeugt, Benni habe es gut gemeint.

Philipp war für den Ausschluß.

Und Markus? Markus konnte sich nicht vorstellen, gegen Benni zu stimmen. Außerdem ging ihm Philipp langsam auf die Nerven. Auch er lehnte den Ausschluß ab.

„Na ja“, grinste Philipp und knackte eine Salzstange. „Das hat man davon, wenn man sich mit Anfängern einläßt.“

„Wir sind keine Anfänger!“ rief Markus empört. „Du willst immer alleine bestimmen, das ist es!“

Benni war auch der Meinung. Er rief, daß Philipp ein Angeber sei. Wenn jemand in die fünfte Klasse gehe, sagte er, dann heiße es noch lange nicht, daß er auch der Oberbestimmer sein müsse! Und: „Die Einsamen Wölfe haben alle die gleichen Rechte!“

„Bist du jetzt fertig mit der Volksrede?“ unterbrach ihn Philipp kühl.

„Ja“, nickte Benni und nahm sich eine Rumkugel. Seine Ohren wurden langsam besser.

„Okay“, sagte Philipp, „du darfst also bleiben.“

Er schenkte Benni Wein ein. Dann wollten sie alle auf die Bande anstoßen, aber Julia sagte: „Halt! Noch was! Ab jetzt bin ich kein Ehrenmitglied mehr!“

„Was?“ fragte Philipp. Er fand, daß die heutige Sitzung wirklich zu weit ging!

„Ja“, nickte Julia und steckte sich eine Rumkugel in den Mund. „Ich hab’ doch abgestimmt. Dadurch bin ich Mitglied geworden.“

„Sie hat recht, Philipp!“ sagte Benni. Und schon wieder wurde sein Gesicht rot!

Komisch, dachte Markus, Benni ist in letzter Zeit eigentlich mehr rot als normalfarbig!

„Meinetwegen“, sagte Philipp, und alle stießen auf Julias

Mitgliedschaft an. Sie tranken den Wein. Julia nippte nur daran und verzog die Nase. Benni trank ein bißchen mehr als Julia, Markus ein bißchen mehr als Benni und Philipp am meisten von allen.

Dann aßen sie die Knackwürste. Im Gegensatz zum Wein schmeckten die Knackwürste fabelhaft.

Markus beobachtete dabei immer noch Benjamin. Der will doch wirklich einen neuen Vater, dachte er.

Ehrlich gesagt, hatte Markus schon ziemlich lange den Verdacht, doch jetzt war er sich dessen ganz sicher.

16. Der Einsame Wolf

So was kennt bestimmt jeder: Das Telefon klingelt, man geht ran, nimmt den Hörer ab, hört, wer anruft und würde am liebsten gleich wieder auflegen. Oder mit veränderter Stimme sagen: „Falsch verbunden! Hier ist die Polstermöbelreinigung!" Oder: „Da haben Sie sich leider verwählt! Hier ist die Friedhofsgärtnerei!" Oder etwas Ähnliches.

Genau das passierte Markus am Freitag. Als das Telefon klingelte, Markus den Hörer abnahm und Tommis Stimme hörte, hätte er am liebsten gleich wieder aufgelegt. Denn da war ihm sofort klar, daß aus dem Vatersamstag wieder nichts werden würde. Ob diesmal Tommi Mumps hatte? Nein, der Tommi hatte keinen Mumps. Er fragte Markus, ob er am nächsten Tag mit ihnen zum Rummelplatz gehen wollte.

Und da nahm der Vater den Hörer und sagte: „Wenn du keine Lust hast, dann brauchst du's nur zu sagen!"

Markus dachte nach. Am Montag hatte Papa angerufen und gesagt, sie könnten am Samstag in den Zoo gehen. Sie beide, ganz allein! Und plötzlich rief Tommi an, ob Markus mit zum Rummelplatz wollte. Das fand Markus nicht fair. Er wollte ja mit dem Vater über die Mutter reden.

Aber, dachte er weiter, wahrscheinlich war es gar nicht Papa, der den Tommi anrufen ließ. Es war die Renate. Bestimmt sagte sie: „Ach, der Zoo läuft euch doch nicht weg!" Und Papa traute sich nichts mehr zu sagen. Papa hatte es nicht leicht bei der Renate!

Was sollte er nun antworten? Zum Rummelplatz gehen war ja keine schlechte Idee. Markus könnte dort mit der Geisterbahn fahren. Und einen kandierten Apfel und Würstchen und geröstete Mandeln würde er wohl auch bekommen. Und – vielleicht! – würde ihm Papa auf dem Rummelplatz sogar die fünfundzwanzigschüssige Pistole kaufen. Denn Papa würde ein schlechtes Gewissen haben. Und wenn Papa ein schlech-

tes Gewissen hatte, war er nicht knauserig.

„Also gut“, sagte Markus, „ich komme mit.“

Papa freute sich. Bevor er auflegte, kam nochmal Tommi ans Telefon.

„Sag mal Knopf“, befahl er.

„Knopf“, sagte Markus.

„Du alter Tropf“, kicherte Tommi und legte auf.

Am Samstag war der Rummelplatz voll. Die Sonne schien warm, es dröhnte, quietschte und hupte von allen Seiten, die Luft roch nach Bratwürsten und Zuckerwatte, auf dem Boden lagen zerplatzte Luftballons und bunte Bonbonpapiere, und unter dem Kettenkarussell war eine weiße Pfütze, um die alle einen großen Bogen machten, weil es erbrochenes Popcorn war.

Der Vater sagte, auf das Kettenkarussell würden ihn keine zehn Pferde bringen. Tommi und Lisa durften nicht auf das Kettenkarussell, dafür waren sie ja zu klein. Markus war für das Kettenkarussell groß genug, doch alleine zu fahren, hatte er keine Lust.

Also gingen sie zum normalen Karussell. Unterwegs bekamen die Kinder kandierte Äpfel am Stiel. Tommi und Lisa fuhren dann zwei Runden auf dem Karussell. Tommi fuhr im Rennauto, und Lisa ritt auf einem Pferd. Markus stand daneben und mußte winken. Denn Tommi hupte jedesmal, wenn er an ihm vorbeifuhr. Einmal hupte er auch die Eltern an, aber meistens Markus!

Markus winkte zurück und überlegte dabei, wie er das anstellen sollte, daß er mit Papa allein war. Eine Gelegenheit mußte sich doch finden lassen!

Zunächst ging er mit Papa Auto-Scooter fahren. Das war keine gute Gelegenheit zum Gespräch. Denn da hatte Markus alle Hände voll zu tun.

Danach bekamen die Kinder Zuckerwatte und gingen zum

Ballwerfen. Die Renate kaufte für jeden sechs Bälle. Mit diesen Bällen mußten sie bewegliche Zielscheiben treffen. Leider trafen sie nicht genug und bekamen nur Trostpreise: Markus eine grüne Pfeife, Tommi einen Radiergummi und Lisa einen rosa Kamm. Tommi tauschte den Radierer gegen Markus' Pfeife.

Als nächstes kam die Geisterbahn dran. Draußen vor dem Eingang war ein Gespensterschloß aufgebaut. Es hatte drei Fenster. In jedem Fenster gab es eine schreckliche Gestalt. Die erste Gestalt war ein Verbrecher. Dem Verbrecher wurde immer, wenn das Fenster sich öffnete, der Kopf abgehackt. Und jedesmal, wenn das Beil den Verbrecherkopf abhackte, blieb ein blutiger kopfloser Hals übrig. Dann schloß sich das Fenster wieder.

Tommi und Lisa gingen mit geschlossenen Augen daran vorbei. Sie waren ja noch in dem Alter, in dem man lieber die Augen zumacht, als den Geistern ins Gesicht zu sehen. Doch Markus blieb stehen.

„Ich möchte mit der Geisterbahn fahren", sagte er.

„Kein Problem", sagte Papa, „wir beide fahren mit der Geisterbahn, und ihr drei geht zum Ponyreiten! Dort treffen wir uns wieder!"

Renate war einverstanden.

Markus freute sich: Das war die Chance! Nach der Fahrt würde er mit Papa reden können!

Papa stellte sich in der Schlange an, und Markus betrachtete die anderen Figuren. Auch der zweite Mann war hochinteressant: Er öffnete nämlich seinen Körper wie ein Buch, und drinnen in der Öffnung konnte man die Eingeweide sehen. Der Anblick der Eingeweide war noch schlimmer als der des Kopflosen. Markus dachte an Julia. Ob sie dabei ohnmächtig würde? Wahrscheinlich nicht. Julia schien in letzter Zeit ziemlich abgehärtet!

Sein Blick wanderte zu der dritten Figur. Es war eine Frau.

2

GEISTERBAH

Hinter der Frau tauchte ein Vampir auf. Er umklammerte ihren Hals und saugte die Frau tot.

Papa hatte inzwischen die Karten gekauft. Sie stiegen in die Wagen ein, und die Fahrt begann. Markus hörte Mordsgelächter, sah grün und gelb erleuchtete Gerippe, Riesendrachen, die Feuer spuckten, und sogar auch einen Erhängten! Am schlimmsten aber fand Markus, daß ihm plötzlich etwas Weiches übers Gesicht strich. Da mußte er schnell nach Papas Hand greifen! Leider war damit die Fahrt zu Ende. Sie mußten zum Ponyreiten gehen. Der Augenblick war günstig. Markus hielt die Luft an, zählte bis drei, und dann sagte er:

„Mama hat einen Freund."

„Was sagst du?" fragte Papa. Er suchte Kleingeld, weil er sich ein Bier kaufen wollte.

„Mama hat einen Freund!" wiederholte Markus.

„So?"

„Ja", nickte Markus. „Und ich glaube, sie meint es ernst mit ihm."

„Aha", sagte der Vater. Jetzt war Markus gespannt, was Papa weiter sagen würde. Aber Papa ließ sich Zeit.

Sie kamen zu einer Wurstbude. Der Vater blieb stehen.

„Magst du ein Würstchen?"

„Nein", sagte Markus. Nach den kandierten Äpfeln, der Zuckerwatte und dem Eingeweide hatte er keinen Hunger mehr.

Papa kaufte sich ein Bier. Sie gingen weiter.

„Und ich weiß nicht, was ich machen soll", beschwerte sich Markus.

„Wieso?" fragte Papa. „Ist er denn nicht ... ich meine ... ist er nicht nett zu dir?"

Markus schaute den Vater fassungslos an.

„Ich rede doch nicht mit dem! Der ist doch ein Fremder!"

Papa nahm schnell noch einen Schluck aus der Bierdose.

„Hör mal zu, Markus", räusperte er sich dann, „ich weiß,

daß es nicht einfach für dich ist, aber ..."

„Was?"

„Vielleicht ... vielleicht ist es nicht so schlimm, wie du jetzt denkst. Vielleicht ist es sogar gut, daß Gabi ... daß Mama jemanden gefunden hat ..."

„Gut?" rief Markus empört. „Du findest das gut?"

Papa wollte noch etwas hinzufügen, aber Markus hörte nicht mehr hin. Er marschierte zum Ponyreiten. Papa lief hinter ihm her. „Markus! So warte doch!" rief er. Aber Markus wartete nicht auf ihn. Er war tief enttäuscht. Papa verstand ihn nicht. Mama verstand ihn nicht. Frau Lehmann verstand ihn nicht. Wer verstand ihn überhaupt noch? Nur seine Freunde, nur die Einsamen Wölfe!

„Na", lächelte sie die Renate an, als sie beim Ponyreiten ankamen, „hat's Spaß gemacht?"

„Ja", murmelte Markus.

Tommi und Lisa winkten ihm von den Ponys zu.

Danach gingen sie zur Schießbude. Aber Markus hatte jetzt keine Lust zu schießen. Er erinnerte sich, daß er den Fünfundzwanzigerschuß wollte. Doch jetzt war es ihm unmöglich, Papa um die Pistole zu bitten. Außerdem gab es bei der Schießbude keinen Fünfundzwanziger. Und beim nächsten Stand gab es nur Wasserpistolen. Tommi bekam eine blaue und Lisa eine gelbe. Papa fragte Markus, ob er ein Flugzeug wolle. Markus schüttelte den Kopf. Papa fragte, ob er einen Kompaß wolle. Markus wollte nicht. Weder den Kompaß noch eine Sanduhr noch einen Donald-Duck-Stempel.

„Sag bloß, du hast keinen Wunsch!" Der Vater schien verärgert.

„So laß doch das Kind in Ruhe." Die Renate lächelte. „Er ist ja ganz zufrieden!"

Aber Papa lief von einem Stand zum andern, und am Ende kaufte er Markus eine Armbrust.

Um fünf gingen sie zum Auto. Vorne der Vater mit Renate,

hinten Markus und Lisa und Tommi.

Tommi gab Markus die Hand. Sie war klein und klebrig. Auch Lisa wollte Markus die Hand geben. Also mußte Markus die Armbrust in die Jackentasche stecken. Dann nahm er auch Lisas Hand. Sie war noch kleiner und noch klebriger.

Markus fühlte sich ziemlich komisch. Tommi und Lisa erzählten ihm von den Ponys und wie man reiten muß, und Markus dachte nach.

Mit Papa konnte er also nicht mehr rechnen. Er mußte sich einzig und allein auf sich selbst verlassen. In der Tat – jetzt war er ein richtiger Einsamer Wolf.

Und dann, auf dem Parkplatz, dachte Markus noch an Benjamin. Benjamin hatte keine Armbrust. Hoffentlich würde Benni seinen Zwölferschuß gegen die Armbrust tauschen.

17. Die Bande tarnt sich

Die Idee mit dem Verkleiden hatte eigentlich als erste Julia. Sie meinte, wenn man jemanden verfolgen wolle, müsse man sich tarnen.

Das kam so: Am Montag hatte Markus' Mutter wieder mit Matthias telefoniert. Markus lauschte im Nebenzimmer und hörte, wie sie sich verabredeten. Mama hatte am Mittwoch früher Schluß, und Matthias sollte um halb vier vor dem Labor auf sie warten. Als Markus der Bande davon berichtete, sagte Philipp:

„Klasse! Da gehen wir auch hin!"

Und als ihn alle fragten, warum, erklärte er: „Wir haben einen Fehler gemacht, Leute! Wir kennen den Kerl gar nicht! Wie sollen wir gegen ihn vorgehen, wenn wir gar nicht wissen, wie er aussieht?"

Benni und Julia waren derselben Meinung. Markus hatte nichts dagegen, doch er hatte Angst, sie könnten erkannt werden.

„Unsinn", sagte Julia, „wir verkleiden uns doch!"

Und damit war es entschieden. Benni freute sich riesig auf den Verkleidungstag. Jetzt, sagte er, legten die Einsamen Wölfe erst richtig los!

Am Mittwoch mittag gingen die Bandenmitglieder vom Hort zu Julia nach Hause. Julia hatte ihrer Mutter erzählt, sie und ihre Freunde müßten Gedichte für das Schulfest üben. Die Schulfest-Ausrede hatte sich mittlerweile in der Klasse als sehr wirksam erwiesen! Frau Eismann rief im Hort an, und alle durften nach dem Essen zu Eismanns gehen. Denn Julia versprach, bei ihr zu Hause gebe es jede Menge Verkleidungssachen. Ihre Eltern, sagte sie, hätten eine echte Faschingsmacke!

Sie betraten die Wohnung und zogen gleich an der Türschwelle ihre Schuhe aus. Das brauchte ihnen Julia nicht zu sagen, das wußten sie schon lange. Bei Eismanns wurde nämlich Ordnung groß geschrieben.

„Durchschnittlich zweimal pro Woche kriegt meine Mutter den Putzfimmel“, erzählte Julia. „Da gehen wir alle in Deckung!“ Markus freute sich sehr, daß Frau Eismann heute im Bräunungsstudio war. Herr Eismann war in seiner Firma, und Julias große Schwester ging ihren Freund besuchen, dessen Eltern ebenfalls nicht zu Hause waren.

Julia holte aus dem Abstellraum einen großen Koffer. Der Koffer war vollgestopft mit Faschingssachen. Es waren so viele Faschingskostüme wie in einem Kaufhaus!

„Mann, ein Räuberkostüm!“ jubelte Benni und setzte sich eine Augenklappe auf.

„Laß das!“ befahl Philipp. „Wir sind hier nicht zum Spaß! Unsere Zeit ist knapp!“

Das stimmte: Es war 14.30 Uhr. Spätestens um 15.00 Uhr mußten sie zum Bus. Und mit dem Bus drei Haltestellen zum Krankenhaus fahren!

Sie wühlten eifrig im Koffer herum. Sie fanden ein Hexenkostüm, ein Gorillakostüm, ein Clownsgesicht und sogar einen riesigen Fliegenpilz aus Plastik, den man über den Kopf stülpen konnte. Benni wollte den Fliegenpilz anprobieren, aber Philipp riß ihn ihm aus der Hand:

„Hör endlich auf mit dem Kinderkram! Entweder ihr sucht euch was aus, oder wir vergessen die Sache!“

„Und du?“ fragte Julia. „Was hast du dir ausgesucht?“

Philipp setzte sich in den Sessel und sagte, er brauche gar keine Verkleidung. Weil er für die Verfolgten eine total unbekannte Person sei. Das stimmte. Also suchten sie weiter.

„Wie wär’s damit?“ fragte Benni und setzte sich eine rote Trinkernase auf. „Als Besoffener gehen, das kann ich gut! Unser Nachbar ist ein Säufer, dem hab ich’s abgeguckt!“ Und er begann, durchs Zimmer zu taumeln und „An der Nordseeküste“ zu singen.

„Viertel vor drei“, verkündete Philipp. Sie suchten weiter. Schließlich stellten sie fest, daß Faschingssachen für die Aktion unbrauchbar waren. Denn sie wollten ja unbemerkt bleiben.

„Da bleibt nur eins“, sagte Julia, „wir tauschen unsere Klamotten!“

Bevor Markus und Benjamin etwas antworten konnten, verschwand sie im Kinderzimmer, und zurück kam sie mit einer Handvoll Kleidungsstücke.

„Markus setzt sich Papas Ferienmütze auf“, entschied sie und warf Markus eine weiße Schirmmütze zu. „Ich setze mir Mamas Sonnenbrille auf, und dazu zieh' ich Markus' Sachen an! Und Markus die von Benni!“

„Und ich?“ rief Benni. „Was ist mit mir?“

„Du ziehst meine Sachen an“, sagte Julia.

„Nein!“ brüllte Benni. „Das tu ich nicht!“

„Doch!“ sagte Philipp.

„Anders geht's leider nicht!“ meinte Julia.

Benni protestierte. Er sagte, als Mädchen gehe er nicht. Er behauptete, er würde komisch wirken, denn er beherrsche den Mädchengang nicht. Julia sagte, zwischen Mädchengang und Jungengang gäbe es überhaupt keinen Unterschied.

„Außerdem wirst du nicht wie ein Mädchen aussehen!“

„In dieser schweinsrosa Hose schon!“ rief Benni.

„Fünfzehn Uhr fünf“, meldete Philipp.

Julia gab Benni noch drei andere Hosen zur Auswahl. Leider waren Rosa und Rot Julias Lieblingsfarben. Und ihre Jeanshose war in der Waschmaschine. Am Ende entschied sich Benni für eine rote Hose und ein weißes Oberteil.

Als sich alle umgezogen hatten und Benni in der Tür erschien, bekam Philipp einen Lachanfall. Er krümmte sich und japste nach Luft. Nach Philipp bekam Julia einen Lachanfall, und der steckte schließlich auch Markus an.

„Wenn ihr so blöd gackert, geh' ich nicht mit“, sagte Benni

beleidigt. Sie stellten das Lachen ein. Einfach war das nicht, aber es gelang.

Im Bus bekam Philipp einen zweiten Lachanfall. Benni trat ihm dafür vors Schienbein. An der dritten Station stiegen sie aus und liefen durch den Park zum Krankenhaus. Markus führte sie zum Laborgebäude. Herrn Eismanns Ferienmütze schob er sich dabei noch tiefer ins Gesicht.

Vor dem Laborhaus blieben sie stehen. Es war 15.25 Uhr.

„Los, wir verstecken uns links und rechts hinter den Bäumen!“ befahl Philipp, und schon liefen sie auseinander. Jeder suchte sich einen Baum aus. Markus zitterte vor Spannung. Dabei hatte er eigentlich keinen Grund zu zittern. Aber hinter seiner eigenen Mutter herzuspionieren, das hatte er noch nie getan. Für einen kurzen Augenblick kam er sich sogar schlecht vor. Hinterhältig. Aber dann beruhigte er sich: Erstens hatte Mama vor ihm auch Heimlichkeiten gehabt. Und zweitens war er nicht hier, um hinter der Mutter herzuspionieren, sondern um den Einsamen Wölfen den Matthias zu zeigen!

Da sah er schon einen großen Mann mit Bart auf die Eingangstür zugehen. Es war Matthias. Markus pfiff. Er zeigte auf Matthias. Im nächsten Augenblick kam auch die Mutter aus der Tür.

„Deine Mutter!“ zischte Benni, der vor lauter Aufregung vergaß, daß Markus seine Mutter selber erkennen konnte.

Aus der Entfernung sah Mama irgendwie anders aus. Ganz jung und schön mit ihrer neuen Igelfrisur. Sie kam auf Matthias zu, und sie gaben sich einen Kuß. Vor allen Leuten! Die Bandenmitglieder versteckten sich wieder hinter den Bäumen. Bloß Philipp trat vor und beobachtete die beiden. Er brauchte sich ja nicht zu verstecken.

Markus erzählte ihnen, daß Mama und Matthias nur zwei Wege gehen konnten: entweder an der Chirurgie vorbei zum hinteren Krankenhaustor oder an der Frauenklinik vorbei zum Haupteingang. Denn sie mußten ja zum Parkplatz.

Aber sie gingen weder in die eine Richtung, noch in die andere. Sie bogen gleich um die Ecke und verschwanden hinter dem Laborgebäude.

„Schnell, hinterher!“ rief Philipp, und alle rannten los. Doch an der Ecke blieben sie wie angewurzelt stehen: Matthias’ Auto stand direkt hinter dem Laborhaus. Das hatte Markus nämlich ganz vergessen – Matthias arbeitete doch im Krankenhaus, daher durfte er dort parken!

Mama und er stiegen ein und fuhren weg.

„Die Aktion ist beendet“, sagte Philipp.

„Was?“ rief Benni. „War das etwa alles?“

Philipp sagte, ihm reiche das. Die Aktion habe ihren Zweck erfüllt, meinte er, jetzt wüßten sie alle, wie der Mann aussehe!

Doch Benni war wütend. Er schrie, das sei keine Verfolgungsjagd gewesen, sondern ein Witz. Wer dies für eine Verfolgungsjagd halte, rief er, der sei hirnverbrannt! Und er drehte sich um und marschierte zurück zur Bushaltestelle. Den ganzen Weg lang fluchte er wie ein Rohrspatz. Markus, Julia und Philipp gingen im Abstand von einigen Metern hinter ihm her. Von hinten sah Benni wirklich wie ein Mädchen aus. Bloß, daß Mädchen nicht so oft „Scheiße“ sagten und nur selten herumliegende Gegenstände mit aller Wucht vor sich herstießen. Noch im Bus war Benni wütend. Wie er da in Julias Sachen stand und schmollte, sah er zu komisch aus. Philipp begann wieder zu kichern.

Benni trat ihm erneut vors Schienbein.

Eine Dame auf dem Sitz gegenüber schüttelte empört den Kopf. „So ein hübsches Mädchen“, sagte sie. „Pfui!“

Das gab Benni den Rest.

Bei Eismanns angekommen, zogen sich alle wieder um. Benni redete dabei kein Wort und ging gleich nach Hause. Und als Julia aus dem Fenster schaute und das kleine rote Auto ihrer Mutter kommen sah, machten sich auch Markus und Philipp aus dem Staub.

Als Markus nach Hause kam, war die Mutter schon da. Sie war guter Laune. Sie fragte Markus, wie der Tag war. Das tat sie immer. Und Markus hatte auch immer eine Menge zu erzählen: Er erzählte, wie die Klasse 3a gegen die 3b das Kriegsbeil ausgegraben hatte. Er erzählte, daß der kleine Tobias es sich nicht abgewöhnen konnte, zu Herrn Siebert „Du, Herr Siebert" zu sagen. Oder er erzählte, wie Florian in Papas Nachttisch unanständige Zeitschriften fand und dafür Prügel bekam. Aber heute sagte Markus, es sei nichts Außergewöhnliches passiert. Schließlich stimmte das ja auch!

Vor dem Abendessen sahen sie beide fern. Es gab einen Film über die australische Tierwelt. Markus betrachtete die hüpfenden Känguruhs und war mit den Gedanken ganz woanders. Benni hatte recht: Spaß machte die Verfolgung überhaupt nicht. Und etwas Neues erfuhren die Einsamen Wölfe dabei auch nicht.

„Ach, übrigens", sagte die Mutter, als der Film zu Ende war, „am Samstag nachmittag kommt Matthias zum Kaffeetrinken."

Markus sagte, er würde am Samstag nachmittag wahrscheinlich keine Zeit haben.

„Das macht nichts", sagte die Mutter. „Wenn du nicht willst, brauchst du nicht dabei zu sein."

18. Bei Philipp weiß man nie

Samstag mittag kochte die Mutter ein Hühnerfrikassee mit Champignons, und dann backte sie einen Apfelkuchen.

Markus war auch zu Hause. Draußen regnete es wieder. Es hätte ganz gemütlich sein können, denn normalerweise hätte Markus der Mutter beim Kuchenbacken geholfen. Das tat er gern: Er schnitt zuerst die Äpfel in Scheiben, in jede Apfelscheibe machte er mit einem Messer ein paar Einschnitte, und

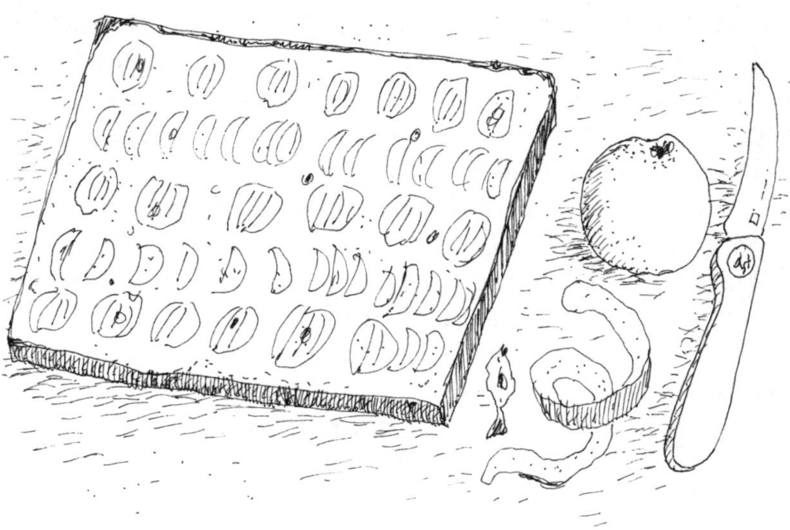

dann, wenn Mama das Backblech mit dem Teig auslegte, drückte er die eingeritzten Apfelscheiben sachte in den Teig hinein. Wenn der Kuchen fertig war, sah er wunderschön aus. Und schmecken tat er auch vorzüglich.

Beim Apfelkuchenbacken hatte Markus schon als kleiner Junge geholfen. Da waren die Eltern noch nicht geschieden, und Papa schmatzte beim Kuchenessen immer ganz laut und sagte: „Was haben wir denn heute für einen Superkuchen! Wer hat ihn denn gemacht?“ „Ich!!“ brüllte Markus und war sehr stolz. Aber das war schon lange her.

Diesmal half Markus der Mutter nicht. Er beobachtete die Uhr und war nervös. Um 16.30 Uhr sollte Matthias kommen. Und um 16.30 Uhr sollten auch seine Freunde da sein. Denn Philipp hatte gesagt, wenn Matthias käme, sei es ideal für eine weitere Aktion.

„Wir werden ihn testen!“ sagte er.

„Testen? Wie meinst du das?“ fragte Markus.

„Das wirst du schon sehen.“

Jetzt war Markus unruhig. Hätte er bloß widersprochen! Er hätte Philipp zuerst genau fragen sollen, was er vorhatte! Heute morgen, als Mama noch schlief, hatte er Julia deswegen angerufen. Er fragte sie, was sie davon halte. Julia sagte, sie habe keine Ahnung, was Philipp plane.

„Aber ich komme auf jeden Fall mit“, versicherte sie. „Denn bei Philipp weiß man nie!“

Markus rief Benni an. Auch der versprach, mitzukommen.

„Bei Philipp weiß man nie“, sagte er.

Fünf Minuten nach halb fünf läutete es an der Tür. Markus machte auf.

„Hallo, Markus“, lächelte ihn Matthias an. In den Händen hielt er einen Korb voller Erdbeeren.

„Tag“, sagte Markus.

Da war auch schon die Mutter gekommen und freute sich über die schönen Erdbeeren.

„Sie schmecken, wie Erdbeeren schmecken sollen“, sagte Matthias. „Sie kommen vom Bauern, nicht aus dem Supermarkt!“

Markus hätte sehr gerne probiert, wie echte Erdbeeren schmecken. Er hatte bisher nur die Supermarkt-Erdbeeren gegessen. Aber jetzt war es völlig unmöglich. Er sagte, er habe

keine Lust auf Erdbeeren. Später, dachte er, kann ich mir welche holen. Und dann ging er in sein Zimmer.

Dort setzte er sich aufs Bett und wartete. Wenn er jetzt das Ohr an die Wand gedrückt hätte, hätte er Matthias und die Mutter hören können. Sie waren in der Küche. Aber Markus drückte das Ohr nicht an die Wand. Er saß nur da und wartete, wann es wieder läuten würde.

Ungefähr nach zehn Minuten läutete es. Als Markus die Tür öffnete, traute er seinen Augen nicht. Vor ihm standen die Einsamen Wölfe.

Und Philipp hatte eine zerfetzte Joggingjacke an. Seine Jeans war auf Halbmast, die Haare wild zerzaust. In der Hand hielt Philipp einen Revolver. So wie Philipp aussah, hätte Markus gerne am Ausflugstag ausgesehen!

„Na“, grinste er und gab einen Schuß ab, „dürfen wir rein?“

Benni und Julia standen neben ihm und sahen aus, als wollten sie sagen: „Unsere Idee war's nicht! Aber du kennst ihn ja: Bei Philipp weiß man nie!“

Aus der Küche kam die Mutter.

Benni und Julia grüßten höflich. Philipp sagte ein lautes „Tagchen!“, lehnte sich an die Wand und drehte den Revolver um den Zeigefinger. Ganz wie die Cowboys in den Westernfilmen.

Markus war es peinlich. „Das ist Philipp“, sagte er. Und dann drehten sich alle um. In der Küchentür stand Matthias.

„Tag, Herr Matthias!“ grüßte Benni. Philipp gab ihm sofort einen Schubs. Benni verstummte.

Zu einem Gespräch mit Matthias kam es nicht.

Markus packte Philipp und Benni an den Armen und zog sie in das Kinderzimmer. Julia ging mit.

Schon als Markus vorhin die Tür aufmachte und Philipp sah, begriff er, was er vorhatte. Er war gekommen, um dem fremden Mann zu zeigen, was für schlechte Freunde Markus hatte. Deshalb spielte er den Widerling!

Und er irrte sich nicht: Philipp begann, sich widerwärtig zu benehmen. Er ging zu Markus' kleinem Radio, fummelte daran herum, bis er Popmusik fand, und drehte auf volle Lautstärke. Es dröhnte wie auf dem Rummelplatz.

„Spinnst du?“ rief Julia und hielt sich die Ohren zu.

Aber Philipp grinste nur. Ihm machte das offensichtlich

Spaß. Er drückte seine Pistole ab. Es knallte fürchterlich.

Markus wollte das Radio leiser machen, aber Philipp versperrte ihm den Weg:

„Warum?“ rief er. „Ist doch genau das Richtige!“

„Markus!“ hörten sie die Mutter rufen.

Markus ging in den Flur. Der Blick der Mutter war alles andere als freundlich.

„Ihr hört sofort auf mit der Knallerei“, sagte sie leise. „Und das Radio ...“

„Ja, ja, ist schon gut!“ murmelte Markus und verschwand wieder in seinem Zimmer.

Kaum hatte er die Tür aufgerissen, erschrak er noch mehr. Philipp hielt das alte Schiff in der Hand.

Die Mutter hatte das Schiff gestern in Markus’ Zimmer gebracht und es auf das Regal gestellt. Markus hatte nichts dazu gesagt. Es war ihm recht. Denn von selber hätte er das Schiff natürlich nicht in sein Zimmer geholt. Behalten wollte er es aber auf jeden Fall. Matthias hin, Matthias her – so einen Dreimaster bekommt man nicht alle Tage!

Und jetzt hielt ihn Philipp in der Hand.

„Hat er dir das geschenkt?“ fragte er.

„Nein“, log Markus.

„Doch“, sagte Philipp.

„Und wenn schon“, sagte Benni. „Da wäre doch Markus blöd, wenn er das nicht nehmen würde! Zeig mal her!“

Aber Philipp gab das Schiff nicht aus der Hand. Er hielt es hoch und ging damit im Zimmer herum.

„Kaufen will er dich!“ sagte er und gab einen Knall ab. „Mit Segelschiffen!“

Markus stürzte sich auf Philipp. Philipp sprang zur Seite, und Markus schnappte in die Luft. Er war wütend. Er sprang wieder nach Philipp, und Benni stürzte sich auch dazwischen.

„Seid ihr denn alle käuflich, hä?“ rief Philipp, und als er einen Augenblick nicht aufpaßte, griff Benni nach dem Schiff,

und das Schiff rutschte ihm aus der Hand und fiel auf den Boden.

Es war schrecklich. Markus waren in seinem Leben schon viele Sachen kaputtgegangen: Boote und Schiffe, Autos und Kräne. Aber den alten Dreimaster auf dem Boden zu sehen, das tat ihm richtig weh. Der große Mast war gebrochen, der kleine auch.

„Blödmann“, sagte er und zitterte vor Wut.

Philipp drehte sich langsam zu ihm um.

„Wenn du das nochmal sagst“, begann er.

„Blödmann“, wiederholte Markus.

Philipps Gesicht wurde ernst.

„Wir gehen, Leute“, befahl er.

„Ich nicht“, sagte Julia.

„Ich auch nicht“, sagte Benni.

Philipp schaute sie verblüfft an. Als wollte er das nicht glauben. Und dann begann er zu lachen, ziemlich kreischend und laut. Und sagte, sie seien alle Angsthasen. Und daß die Bande aufgelöst sei. Und daß er sowieso Schluß machen wolle.

„Ich habe bessere Aufträge!“ rief er. Und dann steckte er die Pistole in die Hosentasche und ging aus dem Zimmer. In der Tür stieß er mit der Mutter zusammen, murmelte „Wiedersehen“ und war weg.

Die Mutter betrat das Zimmer. Sie sah das Schiff auf dem Boden.

„Ich war's nicht, Mama! Ehrenwort!“ rief Markus.

„Es ist uns runtergefallen!“ sagte Benni.

Und dann erschrak Markus noch mehr. Er sah Matthias hereinkommen. Er konnte sich vorstellen, daß Matthias wegen des Schiffes etwas ganz Schlimmes sagen würde. Zum Beispiel: „Du bist ja noch böser, als ich dachte! Gemein und hinterhältig, ja das bist du!“

Aber Matthias sagte nichts dergleichen. Er nahm das Schiff in die Hand und besah sich den Schaden.

„Tja“, seufzte er, „auch ein altes Schiff muß mal sein Ende nehmen, nicht?“

„Aber das kann man doch reparieren!“ rief Benni. „Mit Leim zusammenkleben!“

Markus schwieg.

Benni sagte, mit Leim sei es eine leichte Sache. Sein Vater, erzählte er, habe mal in einem Wutanfall ein altes geschnitztes Holztablett durchs Wohnzimmer geschleudert, und das Tablett sei dabei in drei Stücke zersprungen.

Die Mutter sei an dem Abend aus dem Schlafzimmer ausgezogen, und der Vater habe die ganze Nacht das Tablett mit Leim zusammengeklebt, und am Morgen war das Tablett wieder in Ordnung!

Die Mutter, fügte er noch hinzu, sei leider nicht mehr in das Schlafzimmer zurückgekehrt, und kurz darauf seien sie beide von Papa weggezogen. Aber das Tablett, versicherte er, haben sie immer noch!

Während Benni redete und Matthias und Julia auf das Schiff schauten, blickte Markus der Mutter in die Augen. Die Augen waren nicht mehr böse. Sie waren auch nicht mehr ärgerlich. Sie waren nur traurig.

Matthias stellte das Schiff vorsichtig aufs Regal.

„Vielleicht könnten wir zusammen einen neuen Mast einsetzen“, sagte er. „Wir können's ja mal probieren.“

„Ich könnte den Leim besorgen!“ rief Benni.

Matthias lächelte Benni kurz zu und ging mit der Mutter ins Wohnzimmer.

Benni nahm das Schiff vom Regal. Er untersuchte es von allen Seiten.

„Die Fock ist in Ordnung“, verkündete er.

„Mann, laß das!“ rief Markus. „Stell's wieder hin!“

Benni stellte das Schiff wieder aufs Regal und setzte sich neben Julia auf den Boden.

A.
B.
Markus

„Die Einsamen Wölfe sind am Ende“, seufzte er.
„Warum?“ fragte Julia. „Nur, weil Philipp ausgeschieden ist?“
„Und wozu soll die Bande noch gut sein?“ platzte Markus heraus. Als Benni und Julia ihn überrascht anschauten, sagte er: „So wie bisher mache ich jedenfalls nicht mehr mit!“
„Wegen dem Schiff?“ fragte Julia.
Markus nickte.
Alle dachten nach. Julia kaute auf einer Haarsträhne herum. Benjamin schaute sich Markus’ Autosammlung an.
„Ich finde diesen Matthias eigentlich ganz nett“, sagte er nach einer Weile.
„Ich auch“, sagte Julia.
Und dann sprang Benni auf. „Ich hab’s!“ rief er. „Die Bande kann ja weitermachen! Bloß umgekehrt!“
„Was?“ riefen Markus und Julia wie aus einem Munde.
„Wir können für unsere Mütter die passenden Freunde suchen!“
„Was?“ riefen sie wieder.
„Die falschen ekeln wir natürlich raus! Den richtigen aber, die wir mögen, den geben wir ’ne Chance! Wie dem Matthias! Der kriegt jetzt ’ne echte Chance!“
„Psst! Nicht so laut!“ zischte Markus.
Bennis Augen strahlten begeistert. Für Benni schien die Sache beschlossen zu sein!
Auch Julia grinste zufrieden. „Erste-Sahne-Idee“, sagte sie.
Markus überlegte. Das war etwas ganz Neues. Matthias eine Chance geben …
„Na, was sagst du dazu?“ unterbrach Benni seine Gedanken.
„Kommt, wir gehen raus“, sagte Markus. Er brauchte Zeit zum Nachdenken.
Sie gingen raus. Draußen regnete es nicht mehr. Es nieselte. Sie begleiteten zuerst Julia nach Hause.

Benni war wieder in Fahrt. Bis jetzt, sagte er, hätten die Einsamen Wölfe keine gute Arbeit geleistet. Unter Philipps Führung hätten sie lauter Mist gebaut! Sie müßten den Mann unbedingt kennenlernen, behauptete er, erst dann könnten sie entscheiden, ob sie gegen ihn oder für ihn wären! Doch plötzlich blieb er stehen:

„Aber wer wird jetzt der Chef?"

Julia meinte, die Einsamen Wölfe brauchten gar keinen Chef. Die Zeiten, wo nur einer alles bestimmte, sagte sie, seien endgültig vorbei! Sie drehte sich zu Markus um und wollte wissen, was er davon hielt.

„Du sagst überhaupt nichts!" rief auch Benni.

Das stimmte. Aber Markus mußte zuerst für sich allein nachdenken. Zu Bennis Vorschlägen dachte er: Keine schlechte Idee. Und zu dem, was Julia vorgeschlagen hatte, dachte er: Sehr gut. Niemand soll der Oberbestimmer sein!

Jetzt war er wieder gerne Mitglied der Einsamen Wölfe.

„Also gut", sagte er, als sie bei Julias Haus angekommen waren. „Am Montag reden wir über alles!"

Dann begleitete er noch Benni nach Hause.

„Und mach dir keine Sorgen wegen dem Schiff!" rief Benni an der Ampel. Er lief über die Straße: „Das kriegen wir wieder hin!"

Markus nickte. Er machte sich keine Sorgen wegen des Schiffes. Das Schiff würde sich ja reparieren lassen. Er machte sich Sorgen wegen der Mutter. Ob sie ihm glauben würde, daß das mit dem Schiff keine Absicht war? Nein, nach der Sache mit den Autoschlüsseln würde Mama ihm das nicht mehr glauben. Auch wenn er schwören würde. Nie wieder würde ihm Mama etwas glauben! Markus kriegte einen Kloß im Hals. Das Gefühl kannte er gut, es war die Vorstufe vom Weinen.

Markus atmete tief durch, damit es nur bei der Vorstufe blieb. Aber es blieb nicht dabei. Eine Träne lief Markus über das Gesicht. Und als er sie wegwischte, kam die nächste.

Markus fing an zu laufen. Nicht nach Hause, sondern in die umgekehrte Richtung. Er lief am Eiskiosk vorbei, an der Schule vorbei, und dann lief er zum Spielplatz.

Der Spielplatz war leer. Markus war das recht.

Er wollte sich auf eine Bank setzen, aber die Bank war naß. Alle Bänke waren naß. Auch die Rutsche war naß.

Im Sandkasten lag eine vergessene Schaufel. Markus baute eine Burg mit einem Tunnel. Dann kletterte er noch auf das Klettergerüst. Bis auf die Spitze. Dort beruhigte er sich wieder. Und erst dann ging er nach Hause.

Gerade als Markus vor dem Haus angekommen war, kam Matthias heraus. Fast wären sie zusammengestoßen. Markus murmelte „Wiedersehen“ und wollte im Haus verschwinden.

Doch Matthias sagte: „Markus!“

Markus blieb in der Tür stehen.

„Hast du noch fünf Minuten Zeit?“

Markus drehte sich langsam um.

„Ich möchte dir was sagen“, sagte Matthias. Er zeigte auf sein Auto: „Kommst du mit?“

Markus zögerte. Bestimmt würde Matthias über das Schiff reden wollen. Aber was gab's da noch zu reden! Er hatte es nicht absichtlich getan. Aber Matthias würde ihm natürlich nicht glauben.

Sie gingen zum Auto und stiegen ein.

„Ich habe es nicht getan“, sagte Markus.

„Ich weiß“, nickte Matthias. „Das meine ich auch nicht.“

Markus war verblüfft. Worüber wollte Matthias mit ihm reden?

„Ich glaube“, begann dann Matthias, „du würdest mir jetzt am liebsten sagen, ich soll mir keine Hoffnungen machen.“

Markus schwieg.

„Ich wollte dir bloß sagen, Markus, daß ich es trotzdem versuchen möchte, ich meine ...“

Matthias legte beide Hände auf das Lenkrad. Er sah verlegen aus. „Du weißt ja, daß ich deine Mutter mag. Und vielleicht könnten wir ... das heißt du und ich ... auch mal Freunde sein.“

Markus dachte angestrengt nach. Was sollte er antworten? Etwa: „Tja, vielleicht?“ oder: „Mal sehen?“

„Es wäre jedenfalls mein großer Wunsch“, fügte Matthias noch hinzu.

„Ich werde es mir überlegen“, sagte Markus.

„Gut.“ Matthias lächelte ihn an: „Das war's eigentlich, was ich dir sagen wollte. Jetzt solltest du aber nach Hause laufen und die nassen Sachen ausziehen.“

Markus griff nach der Tür.

„Tschüs“, sagte Matthias.
„Tschüs“, sagte Markus und stieg aus.
Matthias fuhr weg.
Die Mutter saß im Wohnzimmer und blätterte in der Zeitung. Sie las sie nicht, sie blätterte nur darin herum. Als Markus die Tür öffnete, sah sie auf. Die Kummerfalte auf ihrer Stirn konnte Markus sogar von der Tür aus sehen.
„Es ist alles klar!“ sagte er laut.
Die Mutter runzelte die Stirn: „Was ist klar?“
„Das mit dem Schiff! Wir haben jetzt darüber gesprochen!“
„Matthias und du?“
„Ja! Und er glaubt mir, daß ich es nicht getan hab'!“
Die Mutter schien überrascht.
„Und du solltest mir das auch glauben!“ sagte Markus noch lauter.
„So?“ fragte die Mutter „Sollte ich?“
„Ja!“ rief Markus. „Weil es nämlich wahr ist! Und wenn du es mir nicht glauben willst, dann brauchst du mir schon gar nichts mehr zu glauben!“
Die Kummerfalte auf Mutters Stirn begann, sich langsam aufzulösen. „Ist ja gut“, lächelte sie. „Ich glaub' dir.“
Markus atmete auf. Erst jetzt war er wirklich erleichtert. Plötzlich merkte er, daß er Hunger hatte.
„Haben wir noch Apfelkuchen?“
„In der Küche steht er.“
Markus ging sich den Apfelkuchen holen. Die Mutter rief ihm nach, er solle zuerst was Trockenes anziehen.
Doch Markus mußte zuerst den Kuchen essen. Den ganzen Nachmittag hatte er ja vor lauter Aufregung nichts gegessen! Er verschlang ein Stück und schnitt sich noch eins ab. Doppelt so dick. Und dann probierte er noch die Erdbeeren. Sie schmeckten gut. Aber ob sie besser schmeckten als die Supermarkt-Erdbeeren, konnte er im Augenblick nicht beurteilen.

Am Sonntag redete Markus mit der Mutter nicht mehr über Matthias. Die Mutter hatte viel bessere Laune als gestern. Nachmittags gingen sie zum Flohmarkt. Die Mutter kaufte sich Duftkerzen, und Markus kaufte sich zwei Mickymaushefte. Er bekam sie zum Rabattpreis von fünfzig Pfennig das Stück. Weil Tintenkleckse drin waren.

19. Julia verrät ein Geheimnis

Am Montag morgen trafen sich Markus, Julia und Benni schon auf dem Schulweg. Sie verabredeten, nachmittags im Hort zu beraten. Im Keller. Und ohne Philipp. Philipp unterhielt sich sowieso nur mit Kindern seiner Klasse, auch während der großen Pause. Von den Einsamen Wölfen schien er keine Notiz zu nehmen.

Auch im Hort kam es zu keiner Beratung. Heute war Aufräumtag. Markus und Benni hatten Dienst. Markus bekam eine Zange, Benni einen Eimer, und sie gingen damit in den Garten, um die Abfälle aufzusammeln. Julia hatte Dienst im Arbeitsraum. Also wurde die Beratung auf Dienstag verschoben.

Um halb fünf begleitete Markus Julia nach Hause.

„Also, bevor ich heirate", sagte Julia plötzlich, „lasse ich mir viel Zeit! Damit ich sicher bin, daß es der richtige ist!"

Ach je, dachte Markus, jetzt sagt sie auch noch, daß sie verknallt ist. Julia sagte aber nichts weiter. Markus sah interessiert auf die Ritzen zwischen den Pflastersteinen. Dann fragte er: „Bist du denn überhaupt in jemanden verknallt?"

„Ich?" sagte Julia. „Tja ... vielleicht ..."

„Du kannst ihn beschreiben, wenn du ihn nicht nennen willst", bot Markus an.

„Gut", nickte sie. „Es ist ein Junge aus unserer Schule."

Markus hielt den Atem an. „Kenn' ich den?"

Julia lächelte: „Ja."

„Geht er in den Hort?"

Sie nickte.

Markus überlegte. Die Auswahl war groß.

„Geht er ... vielleicht in die fünfte Klasse?"

„Nein", sagte Julia.

Gott sei Dank, dachte Markus, Philipp ist es nicht.

„Geht er in die vierte Klasse?"

Julia schüttelte den Kopf.

„In die dritte?"

Julia nickte.

Markus war, als hätte man ihm befohlen, von einem Zehn-Meter-Sprungbrett ins Wasser zu springen. Rücklings.

„Geht er – in die 3a?"

Julia schüttelte wieder den Kopf.

Heiko ist es auch nicht, dachte Markus. Na, wenigstens das.

„Ist er – aus unserer Klasse?"

Julia nickte.

Also doch Benni, dachte Markus. Das hab' ich mir gedacht. Wußte ich schon immer. Es tat ihm ziemlich weh. Aber wenn er schon mit der Fragerei angefangen hatte, wollte er sie auch zu Ende führen.

„Und sein Name? Wie fängt sein Name an?“
Julia grinste: „Sag’ ich nicht.“
„Dann den Vornamen!“ bat Markus. „Den ersten Buchstaben!“
„M“, sagte Julia und begann, die Pflastersteine zu überspringen. Die blauen, sagte sie, seien Wasser. Die weißen Erde. Wer auf die blauen trete, sei ertrunken!
Markus sprang von einem weißen Stein auf den anderen und ging dabei blitzschnell alle Jungennamen seiner Klasse durch: Olaf, Lucas, zweimal Florian ... Oliver, Benjamin, zweimal Tobias, David ... Dirk ... Bastian ... Benedikt! Nein, er war der einzige mit M! Das hieß, daß Julia ...
„Ertrunken!“ rief Julia.
Markus sprang schnell wieder auf die Erde.
„Und weiter?“ flüsterte er. „Der zweite Buchstabe?“
„Mehr verrate ich nicht“, sagte Julia.
Und das brauchte sie auch nicht.

Eva Polak kommt aus Prag. Sie studierte an der Film- und Fernsehakademie.
Heute lebt sie mit ihrem Mann und ihrem Sohn Robin in Berlin. Sie schreibt Hörspiele für Erwachsene und Kinder.
Abends bleibt sie gerne lange auf, geht oft ins Kino und chinesisch essen.

Antje Burger lebt mit ihrem Mann und ihren drei Kindern in Neustadt/Holstein. Sie arbeitet als Malerin und Grafikerin. Wenn die Sonne scheint, sitzt sie im Garten und denkt sich Bilderbuchgeschichten aus und malt die Bilder dazu.